夢巻

田丸雅智

JN166129

双葉文庫

目次

蜻蛉玉

「それはなに」

と話しかけたのは、まだほんの幼い少年だった。

沈んだ表情を見せていた青年は驚いてふりかえったが、少年の姿をみとめると笑顔になった。

「なんだと思う」

青年は手招きし、彼を隣に座らせた。そして手に持った革袋を差し出すと、今度は意識的にじゃらじゃらと音を鳴らしてみせた。

足元では、どこからともなく流れてきた笹舟がコンクリート階段に寄ってきて、ゆるやかな流れに巻かれて消えていった。川面のきらめきが美しい。対岸の斜面では、曼珠沙華《まんじゆしやげ》が赫々《あかあか》と燃えている。

「アメかなぁ」

「いいや」

「わかった、石だ」

微笑む青年は、革袋を開けてなかから何かをつまみだした。

「惜しかった。正解はこれだよ」

差し出すと、少年は両の手のひらで大事そうに受け取った。

「蜻蛉玉《とんぼだま》だ」

少年の瞳がとたんに輝きだした。

「さわってもいいの」

うなずく青年に、目の輝きがさらに増した。少年は手の上でいろいろな角度から眺めると、今度はつまみあげ、夕陽にかざしてみたりした。乳白色に、朱色のマーブル模様がよく映えている。

「お兄さんは、とんぼだま屋さんなの？」

青年は苦笑しながら、やわらかく否定した。

「じゃあ、なに屋さんなの」

少年は好奇心いっぱいの瞳でせまった。

青年は、答える代わりに微笑んで、対岸を見やった。

「ところできみは、蜻蛉は好きかい」

少年は、大きくうなずいた。

「そりゃあいい。実は、ぼくも大好きでね。この季節になると、いろんなやつが飛びまわるよなぁ。

シオカラだろ、イトトンボにアキアカネ。それからオニヤンマ。知ってるかい、ギンヤンマを。あれに出会えたときは、ぼくは今でも年甲斐もなくどきどきしてしまうなぁ。

でも、一番はやっぱりショウリョウトンボだ。あの赤に染まりすぎない淡い色合いがたまらなくってね。

ショウリョウトンボは、お盆になると、どこからともなく一斉にやってくる。

子供のころは、夕暮れ時になると弟を連れ出して、虫取り網を片手によく近所を走りまわったもんだよ。虫かごを三つも持って、いっぱいになるまで追いかけた。

ショウリョウトンボは不思議なもので、捕っても捕っても数がぜんぜん減らなくて。

それどころか、網を振るたび数はどんどん増えていくんだ。気づいたときにはあたり一面、蜻蛉の色に染まってる。蜻蛉の朱色は夕陽の色と重なって、いつしかぼくは、蜻蛉か夕陽か、どちらを追いかけてるのか分からなくなる。すると途端に切ない気持ちになってきて、ぼくは虫かごの蜻蛉たちを空に帰してやる……。

そのショウリョウトンボを生み出すことが、ぼくの仕事だ。明日になると、町中が蜻蛉色に染まることになる」

青年の生みだす幻想にひたっていた少年は、その言葉に驚きの表情を浮かべた。

「お兄さんがとんぼをつくってるの」

「正確には、ぼくはその手伝いをしてるだけだけどね」

「どうやって」

「この蜻蛉玉がヒントだ」

少年は、手のなかの朱色を慌てて見回した。

「ショウリョウトンボと同じ色」

「そうだ。これが蜻蛉のもとになる」

青年は革袋を開き、なかを見せた。のぞきこむと、無数の蜻蛉玉がひしめきあっていた。どれも同じような色合いで、少年の手にしているものはちょうど真んなかあたりの大きさだった。

「これは、ただの蜻蛉玉じゃない。ぼくは、一年かけてこの玉を集めて回ってるんだ」

「どこにでも落ちてるの」

青年は、ふたたび苦笑した。

「拾うわけじゃないけどね。いろいろなところにあるというのは、当たってる」

「じゃあ、どうやって集めるの」

少年は、もはや好奇心の塊《かたまり》だった。

「あるものに向かってゆっくりと、ぐるぐる指を回してやる。ちょうど、蜻蛉の目玉に向かってやるみたいにね。それだけだ。そうして今度は、できあがった蜻蛉玉をシヨウリヨウトンボに変えてやる。蜻蛉玉に向かって、はじめのときとは逆回しに指をぐるぐる回してね」

それを聞き、少年のまなこがきらめいた。そして、左手におさめた蜻蛉玉に向かって指をつきだしたが、青年は素早い動作でそれを止めた。

「それをやるのは、明日なんだ。わかってくれるかい、大切な仕事なんだ」

少年は残念がった。だが、青年の申し訳なさそうな顔を見て、素直に従った。

「明日になれば、やっていいんだね」

「思う存分ね」

少年は、空に舞うショウリョウトンボの群れを想像して胸を高鳴らせた。それから、思い出したように言った。

「それで、このとんぼ玉は何からできてるの？　何に向かって指を回せば、とんぼ玉はできるの？」

青年は、しばらく少年を見つめていたが、やがて遠くに視線をやった。

「人の魂《たましい》だ」

少年は目を見開いた。

「一年かけて、ぼくはこれを集めて回る。浮かばれず、この世をさまよう魂だ。いろんな理由があるさ。

帰る場所を忘れた者、この世に心残りがある者、そういう人たちを見つけては、蜻蛉玉に変えてやる。そうして最後にトンボに変えて、空へと帰してあげるんだ。一年に一度、死者を迎え、送る日。お盆の日にね。

トンボになった魂は、それぞれの場所に帰っていく。愛する人たちに迎えられ、やがて天へと昇っていく。そう、ショウリョウトンボは人が天へと昇る前の、この世の最期の姿なんだ」

話し終えると、青年は悲しそうな表情になった。そして、少年に向かって、おもむろに手を伸ばしはじめた。

少年は、彼の行動の意味を悟って、青くなって後ずさりした。

「それじゃあ、ぼくは……」

しかし青年は、首を大きく横に振った。

「大丈夫、空に帰るのはきみじゃない。今年のお盆は乗り切りたかったんだけどなぁ。ぼくの姿がきみに見えて、本当によかった。

跡を継いでほしいわけじゃない。せめて、最後の仕事だけでも手伝ってほしいんだ。それで、安心して空に帰ることができる。このなかの人たちも浮かばれる」

青年は、革袋を少年の手に握らせて言った。

「いいかい、明日はこれの逆回しだ。ああ、みんなで大空を遊泳するのはどんな気分だろうなぁ」

青年は少年の手をとると、自分のほうに向けて、ぐるぐると指を回しはじめた。

妻の力

人生に悩みの種は尽きないものだが、おれの場合は妻がそれに当たっている。なにせ妻は、家に居てもごろごろしているだけでなんにもやらず、お菓子の屑《くず》をぼろぼろ床に落としては掃除をしろとわめくばかり。おれのやることなすこと決まってぶつぶつ文句を言い、ときには大きな声でののしる始末。世間では、これを悪妻と呼ぶらしい。そんなこと、とても妻には言えやしないけれど。

ときどき、結婚する前の妻の発言が思い出される。

「私は闇を抱えているの」

そんなものは気にしないよ、とか、しおらしく振舞う妻をそっと抱きしめた当時の自分を消したい気分。おとなしかったのは最初だけ。結婚してから、妻の態度は年々ひどくなっていった。ぶくぶく太っていったのは、もはやお決まりの展開。こんな闇なら、初めにもっとちゃんと説明しておいてほしかった。

「あなたは私から離れられないのよ」

これが口癖になったのは、いつからだろうか。はじめはおれも、端《はな》から相手になどしていなかった。いよいよとなったら、それ相応の対処をさせてもらうだけさ。心の中でそうつぶやいて、ひそかに呆《あき》れかえっていた。

しかし、やがておれはその言葉の恐ろしさをじわじわ実感しはじめることになる。離れたくても、離れられないのだ。悪女につかまっている感覚とでも言うのだろうか。いや、悪女と言えば色っぽい感じもするのだが、そういうメリットは一切なし。底なし沼にはまっているような、見えざる力にとらわれているような。しかもその感覚は、だんだん強くなっているようなのだった。

「妻はきっと、秘密の力でおれを拘束しているに違いないんだ」

おれは一人、そうつぶやいてみるものの、

「ではどんな?」

と進んだ途端に早くも着地点が見当たらないのだった。

そういうどうにも身動きのとれない状態に陥ったのも、もうずいぶんと昔のこと。

近ごろでは事態はさらに悪い方へと進展し、妻はとうとう外出さえもしなくなってしまっていた。買い物も宅配で済ませるか、そうでなければおれにやらせるか。自分はベッドに寝転んで、テレビを見ながらだらだら過ごすのみ。

ときどきおれは、一生こんな生活がつづくのかと絶望感にさいなまれる。その波は眠りの世界にまで押し寄せてきて、おれのもとへとせっせと悪夢を運んでくる。

そんなある日のことだった。おれはとうとう、妻の秘密のヒントをつかむ出来事と遭遇することになる。

その日、おれはいつものように悪夢にうなされ、おんなじように、

「わぁっ！」

とベッドから飛び起きた。

汗びっしょりで、いやに暑苦しい。そう思ってそばを見ると、妻がおれの身体にぴったりくっついて、いびきをかいていた。いや、正確にはおれがベッドの上を転がって、妻にくっつくようにして場所を移動していたのだった。

またか、とおれはつぶやく。近ごろ妙に、こういうことが多いのだ。

無意識とはいえ、何を好んでおれはこんなことをしなけりゃならないんだ。寝相の

悪さか知らないが、そりゃあ悪夢も見るよなぁ。そう独りごち、おれはごろごろ転がり妻から離れて立ちあがる。

水を飲んでベッドに戻ったおれは、妻の姿にげんなりする。太った妻はベッドに深く沈みこみ、そこに傾斜の大きな下り坂をつくっていたのだった。

と、その瞬間のことだった。おれの中を、突然あるイメージが稲妻のように駆けぬけていったのだ。

それは、ベッドのような広い平面に、重みをもったボールが置かれているというイメージだった。それが、瞬間的にベッドに沈みこんだ妻の姿と重なったのだ。

自分はどこでその絵を見たのだろう。そう考えるまでもなく、おれはすぐさま思い出した。絵は、むかし物理の授業で目にしたものだった。それは天体のもつ引力を分かりやすく説明するためのもので、天体をボールに、宇宙空間を平面に見立てて、ボールの重みでできた坂道を物が転がり落ちていく様子を、天体のもつ引力と重ね合わせたモデルなのだった。そしてこのイメージが引き金となって、次の瞬間には、おれの中に奇妙な考えが浮かんでいた。

もしかすると、妻の秘密の力とは、重力に似た何かなのではないだろうか。おれはそれにとらえられ、妻から離れられずにいるのでは……？

ばかな！

しかし、と、おれの背中を冷たいものが流れていく。あながち、間違った考えではないかもしれないぞ……。

この、見えざる力にとらえられているかのような感覚。妻の体重が増えるにつれてだんだん強くなっていく力。重力とよく似てるじゃないか……。

おれは頭を抱えて悩みこむ。イエス、ノー、イエス、ノー……。

さんざん唸《うな》った挙句に、とうとうおれはこう結論づけた。

妻はきっと、重力に似た妻力《つまりょく》とでも呼ぶべき力を宿しているに違いない！ それはおれにのみ作用して、おれのすべてを拘束するのだ。

「あなたは私から離れられないのよ」

だから妻は、あんなことを言ったのだ。道理ではっきり言い切るわけだ。そこにはこうして、ちゃんと根拠があったのだから……。

そうなると、と、おれの中に危機感が急激に募ってくる。ぶくぶく太る妻、強まる力……このままだと、おれはどうなる……？

いや、考えている暇などないのだ。

やるべきことは、ただひとつ。妻の力の及ばない、どこか遠くに逃げるんだ。今ならまだ間に合うはずだ。いくら妻がおかしな力を持っていようとも、遠くに行けば影響力もなくなるだろう。

おれは決意を固めると、妻を起こさぬようこっそり支度をし、夜明けとともに始発で逃亡をはかった。事は一刻を争うと判断したからだった。

しかし、想定外の事態がおれを襲うことになる。

あろうことか、家から駅を八つほど行ったところで身体の動きが急に鈍くなり、見えない力に阻《はば》まれるようにして先に進めなくなってしまったのだ。

そこから先は、見るも哀れな状態だった。おれは何かに強制されるようにUターン。足は自然に進んでいき、とうとう家へと帰ってきてしまったのだった。

おれは血の気が引くのを感じていた。妻の重力圏からは、もはやどうあがいても逃れられないのだろうか……。

絶望感の中、おれは哀しい事実に思い当たる。なるほど、どこか遠くへ行った思い出は、すべてが妻と出かけたものなのだった。思えば、よかれと思って郊外に住もうと提案したおれを一蹴《いっしゅう》したのも妻だった。そりゃそうだ。でないとおれが会社にたどり着く前に引き戻されてしまうもの。

おれは、打ち上げロケットが弧を描いて地面に落下していく光景を頭に描いた。助かる見込みはゼロなのだ。あきらめて、妻の力の圏内で暮らすしかないのだろう。一生、妻にあごでこき使われながら……。おれは肩を落として深く溜息をつく。寝室から、目覚めた妻の命令が飛んでくる。

それからは、あきらめの日々がつづいていった。

月日がたつにつれ、やがて妻は歩くのもおっくうになったようで、四六時中ベッドの上に居を構え、そこからやかましく指図をするようになった。従順にしている限りは命に関わることはないだろう。そう考えて、おれは妻の言うままに従った。

しかし、妻がますます太っていくにつれ、おちおち安心してもいられないことが発覚する。妻の力が、日を追うごとにしだいに強くなってきているようなのだった。

その頃になると、おれは家から出るのにもひと苦労するようになっていた。力を無理やり振り払うようにして外に出ても、支えなしではその場にとどまるのも難しいほどだった。夜は夜で、たとえ隣の部屋のソファーで寝ていようとも、眠っているあいだにおれの身体は引き寄せられて、朝になると磁石のようにベッドの上で妻にべったりひっついているのだった。

妻の力は強くなりつづけ、そのうちついに、おれは家の中を移動するのもままならなくなった。力に吸い寄せられて、髪は暴風にあおられているようにびゅんびゅん靡《なび》く。

このままいくと、おれはどうなってしまうのだろう。妻に強く引き寄せられ、あるときそのまま妻の中へと落ち込んでいくのだろうか……。どこまでも、どこまでも……。

おれは起きているときはロープを身体に結びつけ、居間のピアノを基点に行動するようになった。夜はピアノに自分の身体を縛りつけ、浅い眠りにつく。

だが、すべては悪あがきに過ぎなかった。

いよいよ妻がピアノごとおれを引きずるようになったとき、おれは最期のときを悟った。もうどうにでもなってくれ。

そう思った瞬間のことだった。おれの中で何かが突然はじけ飛び、自暴自棄になったおれはロープをほどいて宙に大きく放り捨てた。

その途端、身体は見えない力にぐっとつかまれ、宙に浮かんでものすごい速度で寝室のほうへと引き寄せられた。

すべては刹那《せつな》のうちの出来事なのに、景色はスローモーションのように過ぎていく。扉を横切る。壁にぶつかる。身体はぐるぐる回転する……。

黒く大きな塊が目前に迫ってきた。かつて妻だったそれは、もはや原形をとどめていない。

「私は闇を抱えているの」

終末を迎えた星は、やがてブラックホールに変化する。

なるほど妻は、心にブラックホールの種を抱えていたというわけか。

おれは妻の中に吸い込まれ、底なしの闇に落ち込みながらそんなことを考える。

目の前は、一瞬にして暗くなる……。


朝日のまぶしさで、おれは目を開けた。

ああ、もう朝かと思いながら、ゆっくり身体を起こしていく。

と、おれはすべてを思い出し、ぱっとそこから跳ね起きた。そこはいつもと変わらぬ寝室で、いつもとおんなじベッドの上だった。

頭の整理が追いつかず、おれはきょろきょろとあたりを見回した。

隣に誰かが寝そべっている。一瞬、悪夢がよみがえった。だが、よく見ると、そこにいたのは妻とは似ても似つかない、すらりとした色白の美人だった。天使のように美しい寝顔に、思わずまじまじと見入ってしまう。この人は、いったい誰なんだ……。

そんなことより、と、おれはぶんぶん頭を振る。依然として、混乱状態はつづいている。この謎の女性のことは置いておいたとしても、どうしておれは助かったのか……。まさか、すべてが夢だったなんてことはないだろう。

「あら、もう起きたのね」

寝ていた女性が目を覚まし、おれに向かって寝起きのあどけなさで親しげに微笑んでくる。まるで、旦那にでも話しかけるようにして。この女性が、謎をとく鍵なのだろうか……。

と、そのとき、おれの頭をあるひらめきがよぎった。

あるいはおれは、別の宇宙に出てきたのではないだろうか……。

ブラックホールに吸い込まれたものは、やがてホワイトホールから吐き出されると聞いたことがある。前の妻がブラックホールだったとするならば、この女性こそ、ホワイトホールなんじゃないだろうか。そしておれは、時空を超えて別の宇宙にやってきた……。

前の妻と対照的な女性の姿を眺めるにつれて、思いつきはだんだん確信へと変わっていく。となると、彼女こそ、この世界でのおれの妻なのだ。

その考えの正しさは、すぐに証明された。つまり話は、おれが予想したシナリオ通りに展開していくことになったのだ。

日々は、何事もなかったかのように平穏に進んでいった。すべてが昔と同じ状況で、ただひとつ、妻だけが前とは違っていた。新しい妻は清らかで優しく美しく、文句のつけようがなかった。以来、おれは昔の記憶が夢じゃないかと思えるほど、何ひとつ申し分ない天国のような生活を送っている。

だが、月日が過ぎていくにつれて、いやな予感がおれの中でじわじわ大きくなっている。なんとなく、日を追うごとに妻のほうへと近寄りづらくなっているような気がするのだ。

妻はぽつんとつぶやきをもらす。

「いつかあなたは、私のもとから離れていくのね」

悲しげな妻の目には、あらがうことのできない静かで強い力が宿っている。

大根侍

風吹きすさぶ大都会。大根ひとつを腰に差し、そいつはぶらりとやってきた。

買物袋を手にもって、私は夕暮れの町を歩いていた。

人気《ひとけ》のない通りに差しかかったとき、前方から歩いてくるその人影に気がついたのだった。

はじめ、私は暢気《のんき》なものだった。あの人も大根を買ったんだなぁ。そんな程度の感想を抱いただけで、さして注意を払うこともなく歩きつづけた。

しかし、距離が縮まるにつれて、その男はこちらにだんだん近寄ってきた。そして、あ、と思ったその瞬間のことだった。すれ違いざまに、男のもっていた大根と私の買物袋とがぶつかってしまったのだった。

「す、すみません」

私はとっさに謝った。しかし、相手の表情を見るなり、ぎょっとした。男は、すさまじい形相でこちらをにらんでいたのだ。

「これがどういうことか、分かってやったことだろうな」

声をあららげながら猛然と迫ってくる男に気圧《けお》されて、私はただひたすらに謝った。

「申し訳ありませんでした」

だが、男はさらに、ぐっと顔を寄せてきていった。

「謝ってすむことではない。挑発したのはそっちだろう」

それをきき、私は不愉快な気持ちになった。挑発だって？ 冗談じゃない。ぶつかってきたのはそっちだろう。いったいこいつは何なんだ……。

それでも、私は平謝りをつづけた。こういうやつに、下手に刺激を与えるのはよくないことだと考えたからだ。しかし、いつまでたっても男の怒りが収まる様子は皆無《かいむ》だった。

「許さんよ、刀と刀がぶつかったからにはな。一対一で決着をつけるしかない。それが昔からの定めというものだ。それとも、この場で斬り捨ててやろうか」

そういって、男が腰に差した大根にとつぜん手をかけたりしたものだから、私の頭は混乱の渦に巻かれてしまった。

刀だって？　こいつはたしかに今、刀といった。だが、刀なんてどこにあるというのだろう。こいつが腰に差しているのは大根じゃないか。

それに、と、私は自分の買物袋に目をやった。刀と刀がぶつかった？　それじゃあまるで、私も刀を持っているかのような口ぶりだ。むろん、買物袋に刀など入っているはずもない。あるのはぶりと大根だ。

それから何だっけ。そうだ、斬り捨てる、とこいつはいったんだ。だが、いったいどうやって。大根で叩いてやるぞという意味だろうか……。

いずれにせよ、大根のことを話題にしているのは確かなようだ。私は、おそるおそる切り出した。

「あのぉ、大根でしたら弁償しますので、どうかお許しを……」

「なんだと。この名刀の代わりが簡単に手に入るとでも思ったか。笑止千万」

ははあ。その言葉を聞いて、ようやく私は状況を理解した。なぜかは分からないが、やはりこいつは、大根を刀と思い込んでいるようだった。

それならそうと、話は早い。あまり深く関わらないうちに、逃げるが勝ちだ。

と、そのとき、私の頭に『さや当て』という言葉が浮かんだ。武士の間では、さやとさやがぶつかると無礼にあたり、それをさや当てと呼ぶのだそうだ。ときにはそれが原因で、果たし合いにまで発展してしまうこともあるらしい。こいつは、大根同士がぶつかったのをさや当てになぞらえて、勝負だなどといいだしたのだろう。

自分からぶつかっておいて言いがかりもいいところだが、力説したところでおかしなやつに理屈は通じまい。隙《すき》を見て逃げ出そうじゃないか。

からくりが分かると、私はすこし態度に余裕が出はじめた。

「すみませんでした。ですが、まあ、そう怒らなくてもいいじゃないですか。大根に傷が入ったわけではないんですから」

「当たり前だ。傷がつかないから名刀なんだ。そんなことも知らないやつが、一人前に刀など下げおって。恥ずかしいとは思わないのか」

「刀？　ああ、そうだった、大根のことですよね。今夜はぶり大根の予定でしてね」

「なんだ、そのぶり何とかというのは。意味の分からぬことをいうやつだ。これ以上おちょくると、本当にここで斬りころすぞ」

そういって男は、腰から大根を抜きとってこちらに構えてみせた。

「危ないですよ、こんなところで振りかざしては」

大根といえども、本気で叩かれるとけがをするだろう。私はそれを下げさせようと、大根に手を伸ばした。

その瞬間のことだった。

男はさっと横によけたかと思うと、突然、ぱっと大根を振りおろしてきた。それは目にも留まらぬ早業《はやわざ》で、あっと言う間に私の腕をかすっていった。その刹那、私は思わず声をあげていた。

「あっ」

それだけいって、私は言葉を失った。大根がかすったところから、かすかに血がにじみはじめていたのだった。

「さあ、今度不審なまねをすると、命はないぞ」

私は、だんだんと自分の置かれた状況が呑《の》みこめてきた。あろうことか、大根に腕を傷つけられたのだ。

私が後ずさると、男は大根を構えたままじりじり近づいてきた。

なんとか落ち着こうと、私は必死になって考えた。

待て。これはきっと、大根のなかに刃物が仕込まれているに違いない。大根で物が斬れるわけがないじゃないか……。

そう思い、私はそいつの大根を見つめた。別段、変わったところは見当たらない。ごくごく普通の大根だった。それなら、どうしてこんなことに……。

「た、たすけてくれぇ」

頭が混乱し、私は変な声をあげながら逃げ出した。しかし、その動きを読んでいたのか、男は素早い動きで私の前に立ちはだかった。

「逃げても無駄だ。決着がつくまでは、どこへ逃げようと一生をかけておまえを追いかけてやる」

目の前が真っ暗になるのを感じた。こんなところで自分の人生は終わるのだろうか……。

「い、いのちだけはお助けください……」

私は思わずひざまずき、助命を乞うた。

「哀れなやつだな」

そういって男は大根を腰にしまった。私は安堵の溜息をもらした。

しかし、次の言葉に愕然《がくぜん》となった。

「武士の情けだ。三か月やる。それまでに、せいぜいあがいてみることだ。このまま素人を相手にして勝利をおさめても、何のおもしろみもないからな」

「三か月？　勝利？　ああ、許してはもらえないんですか……」

「いやなら、今でもいいんだぞ」

「そんな……」

「三か月後に、この場所に来い。逃げようとしても無駄だ。どこへ行こうと、地の果てまでも必ず追いかけてやる」

そういって男は、地図の描かれた一枚の紙を投げてよこした。そして、涙目の私に背を向け、高笑いしながら去って行ったのだった。

ひとり取り残された私は、パニック状態に陥った。

三か月……そのあいだに、いったい何ができるというのだろう。せいぜい身辺整理くらいのものじゃないか……。このままでは、死にに行くようなものだ。いったいどうすればいいのだろう……。

と、そのとき、誰かにとつぜん肩を叩かれた。

振り向くと、はかま姿のひとりの男が立っていた。さっきのやつと同じように、腰に大根を差している。

それを見て、私はぞっとした。助けを求めようとしたが、声がでなかった。

「一部始終は見させてもらったよ」

男はそういって、放心状態の私に名刺を押し付けてきた。大根を抜く様子はなかった。こちらに危害を加えるつもりはないのだろうか……。

状況が呑みこめないまま名刺を眺めると、師範、と書かれてあるのが目にとまった。

男はいった。

「どうだ、弟子になる気はないか」

唐突な展開に、私の頭はパンク寸前だった。弟子だって？　こんどは何が起こったんだ……。

男は、もう一度ゆっくりいった。

「弟子になる気はないか、と聞いているんだ」

「何の弟子でしょうか……」

私は相手の表情をうかがいながら尋ねてみた。

「剣術にきまっている。あいつに勝たなければならないんだろう?」

剣術……つまり、この男はあの得体のしれない危なっかしい大根の扱い方を教えてくれるということだろうか……もしそうなら、願ったりかなったりだ。これで、むざむざと命を捨てにいくこともなくなったのだ。救世主とはこの人のことだ。なんという幸運だろう……。

「ほんとですか」

私は、大喜びでその申し出に飛びつこうとした。

だが、すんでのところではっとなり、かろうじて思いとどまった。

何かがおかしい。あまりに都合がよすぎやしないか……。

わかった、これは詐欺なのだ。

冷静に考えてもみろ。やはり、どう考えたって大根で物が斬れるはずがないじゃないか。

さっきは見落としただけで、どこかに何か仕掛けがあったに違いない。

あいつの言葉を思い出してもみろ。逃げても無駄だ。絶対に逃がさない……。これは、相手を言葉巧みに追い込んで、精神をコントロールするときの常套《じょうとう》手段じゃないか。

弟子だって？　この男はあいつと組んで、私から金を巻き上げようという算段に違いない。となると、いまに金の話をしはじめるだろう。

「金なら、いらない」

心が見透かされたのかと思い、私はうろたえた。

「何を躊躇《ちゅうちょ》している。このまま何もしないでいては、あっさりやられてしまうんだぞ？　……なるほど分かった。さては、私の実力を疑っておいでか。それなら、これでどうだ」

その瞬間、男は腰を落とし、大根をやぁっと抜き去った。そして、傍にあったポストに斬りかかったかと思うが早いか、ポストはものの見事にまっぷたつになってしまった。なかの手紙がぱらぱら地面へと落ちていく。目にも留まらぬ早業に、私は腰を抜かしてしまった。

「ちょうど後継者を探しているところでもあったのだ。私の代で技が途絶えるのは、わが師に申し訳が立たぬからな」

目の前で見せつけられると、疑うことなど最早《もはや》できない。トリックなどではない。なぜかは分からないが、この人は、たしかに大根で物を斬ったのだ……。

「ぜひ、弟子にしてください」

気がつくと、そう応えていた。

しかし、大根で物が斬れるとは知らなかった。練習すれば、誰でも簡単にできるようになるものなのだろうか……。

弟子というからには、厳しい修行を積むのかもしれない。だが、期間はたったの三か月しかないのだ。

お遊戯会でやるお遊びとは訳が違う。やるだけやって修得できませんでした、ではお話にならない。こちらは命がかかっているのだ。私はだんだん不安になってきた。

「三か月しかありませんが、ほんとに大丈夫なんですか?」

すると、どなり声が返ってきた。

「おい、なんだ、その偉そうな物言いは。それが師匠に向かっていう言葉か」

急に怒られたので面食《めんく》らった。

「いいか、これからは私が師匠で、おまえが弟子なんだ。以後、言葉づかいには気をつけるように」

「はい……」

私はしゅんと縮こまってしまった。

「おまえの刀を見せてみろ。なんだこれは。ちゃんばらごっこでもするつもりだったのか」

男は、私の買物袋から大根を取り出していった。

「いえ、ぶり大根に……」

「なんだそれは。まあいい、まずは刀選びからだ。こんなのではお話にならない。一緒に選んでやるから、私についてこい」

そういって、男は先に立って歩きはじめた。私は遅れないよう早足でいそいそとついていった。

「まさか、大根で物が斬れるとは知りませんでした。大根以外の野菜でも、物は斬れるんでしょうか」

男は、こちらを一瞥《いちべつ》していった。

「当たり前だ」

「では、どうして大根を使うんですか。ほかのでもいいじゃないですか」

「特に扱いやすく、切れ味がもっとも鋭いからだ。しかし、てだれは人参ひとつで大根と互角に渡り合う」


たどりついたのは、大根ばかりおいてある、路地裏の古びた八百屋だった。

「ここの品揃えは、ほかの店とはまるで違う。ふつうのやつは数年したらだめになるが、手入れを怠らなければ、ここのは優に百年はもつ」

「だめになった刀はどうするんです」

興味本位できいてみた。

「たくあんにするまでだ」

男は、大根をひとつひとつ、慎重に床に並べはじめた。

「ちょっとあなた、店の人に怒られますよ」

「あなたとは、なんだ。師匠と呼べ」

「はい……師匠、店の人に見つかったらどうするんですか」

「大丈夫だ、ここはそういう店なのだ。

さあ、このなかに良品がいくつか交ざっている。どれだか分かるか？　当ててみろ。一流を目指すなら、いずれは自分で刀の目利きも行わなければならないからな。……ふむ。はじめてにしては、勘がいい。そう、根元が青いものほど良い刀なのだ。ただし、おまえが選んだようなのは少しレベルが高すぎる。相当の使い手でないと実力を引き出すことはできない。おまえは、これくらいのがいいだろう。これを買ってくるように」

私は、いわれるままに指示された大根を手にとった。

「いてっ」

私はとっさに声をあげた。見ると、指が少し切れていた。

「ばかやろう、刃の部分をもつやつがあるか。そんなところから教えなければならないのか。刀は、しっかり根元を持って扱うんだ。先が思いやられるよ」

私は自分の無知に、ただただ恥じ入るばかりだった。

その日から、男の家に住み込んで、きびしい稽古《けいこ》がはじまった。

翌日の早朝。夢見心地のところを師匠に叩き起こされ、バケツとぞうきんを渡された。

「なんですか、これは。私の大根はどこです」

私は寝ぼけ眼《まなこ》のまま師匠にきいた。

「素人が、いきなり刀を扱えるとでも思ったのか。まずはすべての基礎からだ。つまり、廊下の拭き掃除からだ」

「そんな……」

「つべこべいうごとに、食事が減っていくぞ」

ネギで肩を叩かれた。ネギは竹刀《しない》のような位置づけなのだろうか。私はしぶしぶ従うよりほかなかった。

それが終わると庭に立たされ、何も持っていない状態での素振りを命じられた。

「千回だ」

卒倒しそうになった。

「基礎が大切なのだ」

私は、いわれるがままに腕を振った。

すぐに疲れが襲ってきて、だんだん腕が下がってきた。だるくなり、一回一回にかかる時間が長くなってきた。しかし、そのたびにネギでしばかれながら、私は必死に腕を振りつづけた。

五百回を超えたところで、手に豆ができはじめた。千回に達するころにはそれがつぶれ、手のひらからは血がしたたりおちていた。

「おまえはなかなか筋がいい」

ほめられたので身が入り、私は追加練習も懸命になって取り組んだ。ひとつのことにこんなに真剣に取り組むなんて、これまでにはなかったことだ。命がかかっているのだから、怠けるなんてとんでもなかった。

翌日も、翌々日も、同じメニューがつづいたが、素振りの回数だけは倍、倍と増えていった。

一週間がすぎたころ、私は不安になって師匠に問いただした。時間は限られているのだ。いつまでも基礎練習に励んでばかりじゃ、期限に間に合わないのでは。

「師匠、こんなことをつづけていて、意味があるのでしょうか」

「ばかやろう、世の中に意味のないことなどないのだ」

「しかし、優先順位はあるはずです。こんな悠長なことをしていては、果たし合いの日に間に合いません」

私は必死に訴えた。なにしろ、自分の命がかかっているのだ。

師匠はしばらく考えて、やがていった。

「お前の言い分も、もっともだ。それではこれより、次の段階にうつることとする」

師匠は奥へとはいっていき、戻ってきたときにはその手に新たなネギをにぎっていた。

「次は、これで練習だ」

「まだ刀を握らせてもらえないんですか」

私は落胆の色を隠せなかった。

「口ごたえをするな。その道に入ったなら、その道の掟《おきて》に従わねばならない。素直さのないやつに、上達はありえない。焦って事を急《せ》いては、すべてが無駄になってしまう」

「はい……」

私は、手渡されたネギで素振りに取り組んだ。それを、三週間。我ながら、よくやったと思う。

ネギの稽古の次は、牛蒡《ごぼう》での稽古だった。その頃になると、野菜の扱いもだんだん板についてきたのが自分でも感じられていた。訓練が実を結びはじめていたのだ。

だが、牛蒡は牛蒡で、またひと癖あって、初めは扱いに難儀した。振り下ろすたびに、ネギに比べてよくしなるのだ。

「師匠、この練習の意図はなんですか」

「柔よく剛を制すだ」

なるほど、さすがは師匠。考えが深い。私は自分の思考の浅さを恥じる。

午前の稽古が終わると、師匠は小さな丸磁石のついたボードをもってきた。

「午後からは理論の講義を行うこととする。勝つためには理論を学ばねばならない。直感だけでやっているやつは、行き詰まったときに実にもろい。長きにわたって成長をつづけていくには、頭を使わねばならないのだ」

師匠は磁石を人に見立て、ボードの上を動かして陣形についての講義をはじめた。相手が、左から斬り込んできた場合のポジション取りの方法。障害物が多い場所での攻め方。山道で複数人に囲まれたときの対処法。

「ふつうの剣術とは違うのだ。武器特有の利点を生かさなければならない。さあ、相手が白みの強い刀で後ろから襲ってきた場合はどうする?」

「前に飛び出し間合いをとります。それから剣先で相手の攻撃をさばきながら、隙をみて根元に渾身《こんしん》の一撃を放ち、武器を破壊します」

「すばらしい」

答えは自然と頭に浮かんだ。これまでの稽古のなかで、師匠は少しずつ知識をさずけてくれていたのだった。

さらに一か月の時が過ぎ去った。

ある日、師匠から大根を手渡された。それは、自分用にと買った刀だった。ずっと師匠が手入れをつづけてくださっていたのだろう。刀は輝くばかりの光を放っていた。顔を近づけると、ぴかぴかの表面に自分の顔が映った。

「それで、この藁人形を斬ってみろ」

師匠は、庭に人の形をしたものを設置して、いった。とうとう、このときがきたのだ。だが、ほかの野菜ならいざ知らず、大根刀を扱うのは、これがはじめてだった。

「いきなりで大丈夫でしょうか……」

不安が頭をもたげてきた。

「いいから、やってみなさい」

私は深呼吸をして、大根を上段に構えた。精神を集中させ、ひと思いに振り切った。

「やった」

藁人形は、瞬時のうちにまっぷたつになった。私は驚嘆の声をあげた。

自分のレベルが上がれば本物の凄さが分かるようになるというが、まさにこれがそうだった。以前の、食べるだけの貧弱な大根とはまるで違っていた。そしてその本物が、今ではしっかりと自分のものになっているのがよく分かった。私は、歓びに打たれ、師匠のほうを振り向いた。師匠は、にっこり微笑んでいた。

その日の夜、私は師匠の部屋に呼ばれた。師匠は、一本のビデオテープを取り出した。

「師匠、これは」

私は驚きを隠しえなかった。そこには、かの憎き敵の姿があったのだった。

「やつが、私の弟子と戦ったときのものだ」

「お弟子さんと……？　どういうことでしょう、弟子は私だけではないのですか」

「ああ、おまえの兄弟子は、あの男にやられたのだ」

師匠の顔に、とつぜん影が差した。

「やつは自分よりも弱そうなやつを見つけると、自分からさやを当て、勝負を申し込む。そうして弱いやつをバッサリ斬り捨て、愉悦《ゆえつ》にひたっているのだ。私は仇《かたき》を討つために、やつをずっとつけ狙っていた。しかし、なかなか隙を見せない。そこに、おまえがやってきた。私は、運命だと感じたよ。おまえを育てて、仇を討つ。それが、一番の方法だと思ったのだ」

「……あの場に居合わせたのは、偶然ではなかったんですね」

師匠は、とおい昔をしのぶような顔つきになった。

「おまえの兄弟子は、心のやさしい良いやつだったよ」

それきり口を閉ざしたのだった。その目には、光るものがあった。

「必ずや、恨みを晴らしてみせます」

それだけいって、私は部屋をあとにした。絶対に負けるわけにはいかなかった。

三か月は、またたく間に過ぎ去った。

件《くだん》の日の朝、師匠はいった。

「やつは踏みこみのときに左足に体重がかたよる癖がある。そのときを狙って瞬時にふところに飛び込むのだ」

やつは、町はずれの空地をその場所に指定していた。私たちは、言葉を交わすことなくその場に出向いた。

私の姿を認めると、やつは不気味な笑みを浮かべていった。

「逃げることなく来たようだな。おやおや、そちらにいらっしゃるのは」

師匠が歯を食いしばるのが分かった。

「また、まぬけな弟子を育ててきたようですね。無駄なことを御苦労さま」

そういって構えに入った。

私も、腰からゆっくりと大根を抜き、ゆったり構えた。焦りはなかった。三か月の練習が、私に不動の自信をもたらしていた。その堂々たる立ち姿に、相手は少なからず驚いたようだった。

「ほぉ、少しはできるようになったらしいな……」

すり足で、じりじりと間合いを詰めてきた。剣先をゆらゆら揺らし、視覚を乱そうとしはじめた。私は臆することなく対面し、相手を威圧した。

どれくらいの時間がたっただろうか。先にしびれを切らしたのは、向こうだった。

やつは、素早い動作で踏み込んできた。しかし私は、やつの動きが手に取るように分かっていた。

勝負は一瞬のうちについた。

やつが踏み込んだその瞬間、私はいきおいよくふところに飛び込んだ。そして、相手がひるんでバランスを崩したところに、渾身の一撃をお見舞いした。大根汁をあげ、やつの刀は鮮やかに二つに吹き飛んだ。すかさず私は刀をひるがえし、やつの身体をななめに斬りさった。次の瞬間、やつは膝から崩れ落ちた。私はすでに、刀を腰におさめていた。

師匠とともに、倒れたところへ近寄った。やつは、口から大根おろしをふいて事切れていた。

師匠が、私の肩にそっと手を置いた。

「哀れな最期だったな」

私たちは男の亡骸《なきがら》を土に埋めると、無言のままに家路についた。さまざまな思いが交錯していた。

やがて私は、師匠にこう切り出した。

「師匠、私は旅にでようと思います」

師匠は分かっていたというふうに、無言でうなずいた。

「私は、引退することにするよ。あとのことはすべて、おまえに任せる。免許皆伝だ」

その足で、私は流浪の旅にでた。


私は、明確な使命を感じていた。あの男のようなやつが二度と現れないように、また、兄弟子のような犠牲者が二度とでないように、私は刀を振るいつづけなければならないのだ。ちょっと前の自分では、とうてい考えられなかったことだった。世の中、なにが自分の使命になるのか、分かったものじゃないんだなぁ。

町を歩くと、刀をもつ者の多さに驚かされる。だれもかれも買物袋の奥に忍ばせてはいるが、いまの私には一見しただけで分かってしまう。そのほとんどの者に悪意はなかろうが、なかには内面でふつふつと悪をはぐくんでいる者もあるだろう。

ときおり、直感が私にささやきかけることがある。あいつは危険だ、生かしておいては大変なことになる、と。そんなときは尾行して、人気《ひとけ》のないところでさっと近寄る。そして、刀を奪いふたつに折るのだ。武器さえ取り上げれば、どうすることもできまい。それだけすると、私は立ち去る。無益な殺生は本意でない。

しかし、いつかきっと、やつのように芯から悪に染まったやからに奇襲をかけられることもあるだろう。そのときに腕が鈍っていては、話にならない。私は毎日、稽古をかかさずつづけている。精進あるのみ。上達に終わりはないのだ。

それと同時に、私は全国の八百屋や農家を訪ね歩き、名刀を探しつづけている。剣豪には、名刀がつきものだ。おかげで現在、私は三本の優秀な刀を腰に差すことができている。ときどきは、スーパーにも立ち寄ってみる。名もない名刀が紛れ込んでいないとも限らないからだ。しかし、ほとんどの場合が貧弱で役に立たない。それどころか、店によっては初めから半分に折れた刀まで販売している始末である。

最初は何の目的があってと、ほとほとあきれるばかりであったが、今では、その意図を理解することができる。あれは、初めから刀を折っておくことで、悪用を防いでいるのだ。なんとも見上げた志ではないか。

その想いに強く共感した私は、農家を回り出荷前の良質な刀を見つけると、片っ端から斬ってまわることにしている。そうすることで、未然に悪を防いでいるのである。

みみずの大地

手帳に書き物をしているうちに、いつの間にかウトウトしてしまったらしい。気がつくと、手元のページには乱れ文字が躍っていた。みみずが這《は》ったようだ、とは、よく言ったものだ。

修正液で消すのもめんどうだったので、ページを替えて書きこむと、私は手帳を閉じた。疲れてるなぁ。溜息をつく。外に出ると、蒸し暑さがおそってくる。眠い目をこすりながら、タクシーで帰宅。最近、あまり生きた感じがしていない。

目を疑うような出来事が起こったのは、翌朝のことだった。私が何気なく鞄から手帳を取り出した時だ。ページのあいだから、ぱらぱらと落ちていくものがあったのだ。

何が落ちたのだろうと首をかしげながら、私は鞄の底をまさぐってみた。すると、ざらざらと手にふれるものがあった。つまんでみると、土だった。いったいどこで紛れこんだのだろう。そう思いながら、私は鞄のなかの土を外へとつまみ出した。あまり深く考えないまま、手帳を開いた。そこで私は、予想だにしない光景を目撃することとなった。

きのう書き損じたページが、まるまる土色になっていたのだ。いや、それは色だけの話ではなかった。手でふれてみると、ページに貼りついているそれは、疑う余地なく土そのものだった。私は肝をつぶした。誰が、何の目的で、こんないたずらをしたんだろう。

机に広げ、手帳を眺めてみた。見れば見るほど、訳が分からなくなる。そこに広がる見開きの小さなスペースには、たしかに土壌が息づいているのだった。作りものなどではなく、まぎれもない、天然の土のようだった。

驚きの次にやってきたのは、懐かしさだった。まともに土にふれるのなんて、いつ以来だろう。私は、なんとなく、指先を表面に押しあててみた。土はやわらかく、強く押すとまたたくまに指のつけ根まで埋もれてしまった。もはや、手帳の奥行きであるはずがなかった。まるで小さな大地が、目の前に現れたかのようだった。懐かしさは、次第に募っていく。

土なんて、子供のころはどこにでもある当たり前のものだった。空気のようにそばにあって、存在を意識したことすらなかったほどだ。それがいつからか、気づかぬうちに貴重で尊いものに変わっていたのだった。

都会のマンション暮らしには、土の入り込む余地は少ない。大地はアスファルトの下で死に絶え、土はせいぜい、なぐさめに花壇に盛られる程度のもの。いつの間に忘れてしまっていたのだろう。雨のあとの、あの豊かな土の香りや、大地のもたらす安心感を。

そんなことを考えるうちに、目の前に現れたものが、奇妙を通り越してだんだんと貴重なものに思われてきた。私は、周りに見つからないようにそっと手帳をしまうと、何食わぬ顔で仕事に取りかかったのだった。

家に帰ると、私は手帳を取りだした。そして、時間も忘れて物想いにふけった。昔はよく、どろどろになりながら土遊びをしたものだった。子供ながらに土の香りに生命の躍動を感じたものだった。

手帳をひっくり返してみた。しかし、不思議なことに落ちてくるのは表面付近の土粒だけだった。やはり、容器に土が詰められているのとは違うのだ。これはいったい何なのだろう。どうして急に、こんなものが。土の謎に頭をめぐらせる。そして、やがて、ひとつの考えに思い至った。

きのう書いたみみず文字が、手帳を耕したのではないだろうか。そう考えたのだった。

みみずは、土地を豊かにするという。だからきっと、みみず文字も、手帳を豊かな大地に変えてしまったのだ。

それは、筋の通らない、あまりにばかげた考えだった。しかし、それ以外に説明の仕様がなかった。私はノートを取り出して、ペンを構えた。もう一度、おなじことをやってみようと思ったのだ。それで真偽のほどはたしかめられる。

ただ単に似せた字を書いただけではだめだろう。直感が、そうささやいていた。半ば眠りながら書いた、あのみみず文字でなければ効果は現れないに違いない。眠りと覚醒のあいだにある無意識が、文字に不思議な力を宿らせる。なんだか、そんな気がしたのだった。私は眠気がやってくるまで、つらつらと文字を書きつづけた。

はっと気がつくと、朝になっていた。字を書く最中で、眠ってしまったようだった。

一拍おいて手元に目をやり、思わず声をあげた。ノートが一面、焦げ茶色で覆われていたのだった。おもむろに手を伸ばす。それは、紛う方ない土だった。仮説は、証明されたのだ。

両手ですくうと、私はそれを鼻先へと持っていった。大地が深く香る。

とつぜん私は、花を植えたくなってきた。土の香りをかぐうちに、むかし母親と一緒に庭いじりをしたのを思い出したのだった。

考えはじめると、居ても立ってもいられなくなった。会社に欠勤の電話を入れると、すぐさま外に出た。手に入れたのは、アサガオの種だった。

おかしなことに、種は植えたそばから芽を吹いた。そしてそれらは、陽に当ててもいないのに猛烈なスピードで成長していった。豊かな大地がそうさせるのだろうと、ひとり合点した。ほどなくして立派なグリーンカーテンができあがり、部屋中にたくさんの淡く青い花が乱れ咲いた。

ふと、野菜を育てたい、という衝動に駆られた。小さいころの家庭菜園を思い出したのだった。私は種とノートを買いこんで、かたっぱしからみみずを書きこんだ。ノート菜園は見る間にふえ、殺風景だった壁はみずみずしい緑で埋め尽くされていった。

野菜たちは、放っておいても健やかに育っていった。トマト、キュウリ、ナス、ピーマン。どれも大ぶりで、自然の甘さがあった。私は、心がみたされていくのを感じていた。大地とふれあっているあいだは、言いようもなく心地よい気分になるのだった。遥かむかし、人類が大地とつながりあっていたころの原初の記憶。大げさにいえば、そういうものを刺激されているかのようだった。

数週間が過ぎ去った。

あるとき床に転がってトウモロコシをかじっていると、ふと、湿った空気を鼻に感じとった。耳を澄ますと、遠くで雷鳴がとどろいているのが聞こえてくる。

立ちあがり、フウセンカズラの茂った窓から外をのぞいてみた。空は夕暮れどきを迎えていたが、雨の気配はどこにもなかった。

そのとき、冷たい何かが頬を伝った。見上げると、どんより曇った天井から、ぱらぱらと雨粒が落ちてきた。雨もりなどではない。まるで、そこに本物の空が広がっているかのようだった。

傘を用意する暇もなく、またたくまに部屋は雨の白さで塗りつぶされていった。雨粒が大地に染みていく様子を眺めていると、なんとも静かな気持ちになるのだった。それにしても、部屋のなかに、なぜ雨がふるのだろう。なるほどきっと、大地が雨を呼んだのだ。

夕立はすぐに過ぎ去って、部屋のなかに涼しさが漂ってきた。西日がさしてくる。蝉の声がもどってくる。土の香りが一気に立ちのぼる。

そのとき、私はひとつの思いつきを得た。なぜ今までそれに思い至らなかったのだろうと、自分でも不思議になったほどだった。

私は、床にみみずを書きはじめた。部屋中を、大地にしてしまおうと考えたのだった。眠気を待ち、うつらうつらしながら、ゆっくりと、しかし着実に、みみず文字を書きこんでいった。

床は、どんどん耕されていった。

つぎの夜には、あたりは養分をたっぷり含んだ土一色に染まっていた。

両手で土をすくうと、ぎゅっとにぎって丸めてみた。むかしは泥だんごを投げ合って、よく遊んだものだったな。

穴を掘った。地下を通るトンネルをつくり、水を流して川をつくろうと思ったのだ。

すると、土のなかで何かが手にふれた。掘りだして汚れを払うと、小さなクルマのおもちゃだった。泥の橋を、渡らせて遊ぶ。

私は、なんだか無性に大地が恋しくなった。外の世界では、永久にふれることのできないかもしれない、この生気に満ちた大地。何十億年分の地球の記憶が刻まれた、この大地。

衝動的に、土のうえにごろんと寝転がった。大地は、極上のフランスベッドのようにふかふかしていた。土にふれていると、なんだか深く落ち着いた。からだがとろけていくようで、そのまま静かに目を閉じた。そうしていると、自分の想いは自然とかたまっていった。

私はペンを手にとった。そして、ゆっくりと自分の身体に走らせはじめた。

眠気は、ゆるやかにやってきた。

文字は、単なるそれから、みみず文字へと姿を変えていく。それを、はっきりと身体で感じていた。

だんだんと、夢が支配を強めてくる。

私は、錯覚をおぼえていた。自分は時代を超えてずっと昔から存在していて、これからも、すべての根源でありつづける。そんな想いにとらわれながら、私は、大地に帰っていく私を感じていた——。

いつしかぼんやり目をあけると、そこはもう、ふくよかな香り高い、みみずの世界だった。

白メガネの男

インターホンの向こうで、シンガイだと名乗る声が聞こえてきた。

「あれ兄さん、急にどうした」

それは、ふだんから兄さんと呼んで親しんでいる友人だった。

「ちょっと頼みがあってね」

おれは散らかったものをどかし、玄関扉を開けた。しかし、そこには肝心の本人の姿がなかった。おれは思わず首をかしげる。出るのが遅いので帰ってしまったのだろうか。まさか。

不審に思いながらも部屋に戻った。すると、またもやチャイムの音。出ると、やっぱり誰もいない。

「おかしいな」

と、そのとき、どこからかおれの名前を呼ぶ声が聞こえてきた。おれは靴下のまま外に出て、きょろきょろとあたりを見回した。誰もいない。

「たまる、ここだよ」

そちらに目を向け、胆をつぶした。なんと、白いメガネが宙に浮いていたのだ。

「驚きすぎだよ」

そう言われても。

「とりあえず、立とうか」

腰を抜かしてしまったらしい。

状況を理解するのは苦しかったが、聞き慣れた声に、おれはいくらか安心感を覚えはじめていた。どうやら、さっきは背景色とかぶってメガネを見落としてしまったようだった。

おれは恐る恐るメガネに尋ねた。

「透明人間にでもなったのかい」

プログラミングが得意で、奇抜な彼なら、やりかねないと思った。プログラムをいじっている最中に、そういうコードを発見したのかもしれない。

「そんなばかな」

否定しても、説得力がないぜ。

「なら、どうして」

「いま説明するよ。頼みっていうのも、このことと関係してるからね。まあ、とりあえず中に入ろうか」

招き入れると、白メガネはあとからぷかぷか浮かんでついてきた。座らなくていいなら、部屋を片付けただけ損だった。

メガネは机の上にゆっくりと降り立った。

「で、どういうことなんだい」

メガネに向かって話をうながすのも滑稽《こっけい》な光景だろうな。

「実はね、おれは本当はメガネなんだよ。で、たまるがずっとおれだと思っていたほう、人の形をしたあれは、装飾品にすぎないんだ」

おいおい、ずいぶん奇抜なことを言う。

「まあ、いきなり信じろとは言わないけど。よく思い出してみなよ。おれはいつも白いメガネをかけてなかったかい」

「そりゃあね、だって、白メガネは兄さんのトレードマークみたいなもんじゃないか」

「うん、でもトレードマークはメガネのほうじゃなくて、本当は人型のあれのほうだったんだ」

「いつから」

「はじめから」

「うーん」

おれは自分の体を見回した。これが装飾品だというのか。

「いや、たまるの場合は違うよ」

兄さんは苦笑する。ひとまず安堵《あんど》。

「信じがたいけど、信じるしかないよなぁ。白メガネ本人が言うんだから」

「さすが、呑みこみが早いね」

ここでごねても仕方ないしな。

「そこで、頼みがあるんだ。ちょっと、これはたまる以外には頼みにくい」

「どうして」

「信用してるから」

最高の殺し文句だった。

「力になれるなら、よろこんで」

兄さんは、一拍おいてから言った。

「実はね、こんど装飾品を取り替えることに決めたんだ」

「というと」

「これまでみんながおれだと思っていた人型のあれを、取り替えるってことさ。あれに飽きたわけじゃない。今でもとても気に入ってるよ。それに、面構えもなかなかだろ」

異論はない。

「でもね、ずっとおんなじでも進歩がないんじゃないかって、最近そう感じるようになってきて。もちろん、人は変わり続けることでしか進歩できない、なんていわない。変わらずに自分を貫き続けること、それからその中間のすべての選択肢が正解だってこともきちんと分かってる。でもその中で、おれは変わり続ける道を選んだよ。だから今日は、別れのあいさつも兼ねてここに来たんだ」

兄さんはしみじみ言った。おれは黙って話を聞いた。

「頼みたいことってのはね、残った装飾品のあれを片付けてほしいんだ。立つからには、あとを濁《にご》したくない。白メガネのこの姿じゃ、力が足りなくて。迷惑は承知のうえでのお願いだ。どうか、引きうけてくれないか」

おれの中で寂しさがこみあげてきた。

「また新しい姿で戻ってくるんだろ」

「……いや、新しいところで、新しく生きていこうと思ってる」

沈黙の時間が流れた。

「わかったよ」

おれは努めて明るく言った。兄さんも、覚悟のうえでの決断なんだ。

「すまないね」

彼の口調も寂しげだった。

「もう行くのかい」

「長居して、決意がにぶってもいけないから」

兄さんはふたたび宙に浮きはじめた。

メガネの端が光っているようにも見える。

「じゃあ、またどこかで。いままで本当にありがとう」

そう言うと、兄さんは夜の闇に溶け込んでいった。

翌日、おれは彼のアパートを訪れた。教えられたとおり、ポストの裏をのぞく。鍵があった。

中に入ると、見慣れたあれがベッドにぐったりと横たわっていた。装飾品だと分かっていても、目にしてみると本物の兄さんだと錯覚してしまい、ふっと寂しい気持ちになる。

おれはそっと抱きかかえ、そばに用意されていた箱に詰めた。車に入れると、指示されていた竹藪《たけやぶ》へと運んで行った。

奥まったところに、掘り返された穴を見つけた。用意がいい。極力、おれの手をわずらわせたくなかったのだろう。その心遣いに深々と頭を下げた。

元通りに穴をふさぐと、おれはもう一度お辞儀をした。そして、ありがとう、と心の中でつぶやいた。

兄さんは、おれ以外には誰にも事情を話していなかったのだろう。急な行方不明を、みんなが不審がった。中にはおれが事情を知っているのではと勘繰《かんぐ》った者もいた。だが、おれは最後まで沈黙をつらぬいた。

正直なところ、時々おれの頭を恐ろしい考えがよぎることもある。おれが埋めたのは、本物の兄さんだったんじゃないか。おれはとんでもない陰謀に巻き込まれ、その証拠隠滅に利用されただけなのではないのかと。

だが、そのたびにそんなつまらない考えは即座に打ち消す。そして、そんなことを考えた自分を呪う。

あれ以来、白メガネの姿を見ることはない。

でも兄さんは、きっとどこかで元気でやっているに違いないのだ。新しいトレードマークの、人型の装飾品を身につけて。

リモコン

リモコンが見つからない？　それなら、その雑誌の下あたりじゃないかな。

やっぱり。見つかってよかったよ。

いやいや、おれが隠したわけじゃない。テレビのリモコンってのは、だいたいそういうところにあるって相場が決まってるだろ。勘だよ、勘。

おいおい、物を粗末に扱うなよ。チャンネルを替えたら用無しか？　放り投げたりしちゃかわいそうじゃないか。物にだって命はあるんだから。

笑うところじゃないって。誇張じゃないんだ、物にはほんとに命があるんだよ。少なくともリモコンにはね。

信じられないかぁ。仕方ない、あんまり話したくはないんだけど、納得してもらうにはこの話を聞いてもらうしかないだろうな。このままじゃあ、このリモコンがあまりにかわいそうだ。

忘れもしない、あれは小学二年生のときだった。ああ、初めてあれを目撃したとき のことは今でも鮮明に覚えてる。忘れようがないさ。なんてったって、テレビのリモコンが何の助けもなく、ひとりでにのろのろと動いてる姿を目撃してしまったんだからなぁ。

ぽかんとするなって。信じられないかもしれないけど、うそじゃない。いいかい、おれはリビングの机の上、乱雑に置かれた新聞の陰に、リモコンが自分の力でもぐっていくところを目撃したんだよ。

おれがそれを目にしたとき、リモコンはちょうど頭を隠して後ろ半分が見えているような状態だった。それからリモコンは少しずつゆっくり新聞の下へと移動していって、ほどなくしてすっぽり身体が隠れてしまったんだ。

普通の人なら、卒倒ものだろう。でも、おれは胸を高鳴らせていた。むかしから、おれは好奇心の塊みたいなところがあったんだ。

だからおれは、臆することなく新聞の端をそっと持ち上げて、奥をのぞき込んでみた。すると、リモコンの端っこだけが暗闇に垣間見えた。おれはすぐにでも取り出して動くリモコンの謎を調べたかったんだけど、そのときはそれ以上調べるのはやめておいた。ちょうどそのころ、家でカブトムシを飼っててね。隠れ家をむやみに荒らすもんじゃないって、親から言われてたこともあったから。

夜になって、両親がリモコンを探しはじめたときも、おれは黙って成り行きを見守った。リモコンが自分で動いていたことはおろか、リモコンの隠れ場所のことも誰にも言っちゃいけない秘密事のような気がしたんだ。

まあ、結局すぐに母親が発見したんだけどね。そのときのおれは何だか自分の宝物を見つけられた思いで、内心は穏やかじゃなかったよ。

母親は、チャンネルを替えるとリモコンを机の上に放り出した。おれは動くリモコンの謎をつかむチャンスだと思って、自然を装って置かれたそれをすかさず手に取った。でも、好奇心に駆られて触ってみたり電池を取り出したりしてみたんだけど、別段おかしなところは見当たらなかった。

テレビに向けてボタンを押してみた。いつも通りの反応があるだけだった。見ていた番組をとつぜん変えられてご立腹の母親にたしなめられたから、現場調査はそれで切り上げることにした。

どうにかしてリモコンの秘密を知りたい一心で、次におれは、部屋に戻って百科事典を広げてみた。「り」の項目を探してみたけれど、動くリモコンに関する情報は何も得られなかった。

生き物図鑑を開いてみた。機械の図鑑を開いてみた。でも、どこにも手がかりはなかったんだ。子供用の、ひらがなばかりの辞書を引いてみてもやっぱりだめで、おれはとうとう父親の書斎に忍び込んで難しい辞書を開いてみた。けれど、動くリモコンのことはどこにも載っていなかった。

でも、その事実がおれを落胆させることは皆目《かいもく》なかった。おれはかえって激しく高揚してね。自分は誰も知らない秘密を知ってしまったのだと、こみ上げる歓喜を抑えきれなくなっていた。そうしておれは結論づけた。間違いない、このリモコンはカブトムシとおんなじように生きているんだとね。

その日から、リモコンの行動を追う日々がはじまった。

学校から帰ると、今日はどこにいるのだろうとすぐにリモコンを探しはじめるのが日課になった。リモコンは机の上でじっとしているときもあったけど、たいていは積み上がった新聞や雑誌の陰、ソファーの下に絨毯《じゅうたん》の下、そういうところで発見することが多かった。リモコンは暗いところが好きなようだった。読みかけの本の隙間で発見することもあったなぁ。

リモコンに愛着心をもつに至るまで、そう時間はかからなかったよ。もともと生き物は大好きだったからね。それに、自分の見ている前では絶対に動かないリモコンへのいじらしさも感じていた。おれは、誰かが使ってそのへんに放られたままになっているリモコンを見つけると、手ごろな物陰に隠してやったりするようになったくらいだった。

リモコンは、何を食べて生きているのだろう。おれはときどき、そんなことを考えた。ほこりかな。お菓子の食べカスかな。リモコンの生活域にあるもので思いつくのは、それくらいだった。

あるいは、彼に食事なんかは必要なくて、電池の力で生きてるのかもしれないな。おれはそう考えて、少ない小遣いをはたいて新しい電池をたくさん用意した。そして、リモコンの反応が悪くなったと感じると、すぐさま新しい電池へと取り換えてやるようになった。

平穏な日々に衝撃が走ったのは、それからしばらくたってからのことだった。

母方の祖母の家に遊びにいったときだった。祖母は庭いじりが好きでね。その日も祖父がおれの相手をしてくれてるあいだ、祖母は家庭菜園の手入れをしてたんだ。

祖父との遊びに満足したおれは、珍しく祖母の様子を見たくなって庭に出た。おれは作業にいそしむ祖母の横で、土をつまんで遊びながら祖母の手元をぼんやり見つめて過ごしてた。

祖母がプランターを持ち上げて移動させはじめた、そのときだった。おれは、プランターの置いてあったところで動く何かを発見した。それは一匹のナメクジだった。

ナメクジを嫌う人は多いけど、おれはそれほど嫌いじゃない。だから、好奇心も相まって、おれはその様子をつぶさに観察しはじめたんだ。物陰を好むなんて、なんだかあのリモコンみたいじゃないか。リモコンへの愛情がナメクジへの嫌悪感を和らげてたのかもしれないな。

だけど、次の瞬間のことだった。おれは目の前の出来事に凍りついてしまったんだ。プランターを置いて戻ってきた祖母がナメクジを見つけて、とんでもない行動に出たんだよ。そうなんだ。あろうことかナメクジを踏みつけて、ころしてしまったんだ。

その刹那、おれは心底ぞっとした。反射的に、叫び声まであげてしまった。

ナメクジをころす光景を見たのは、その時がはじめてだったわけじゃあなかったはずだ。でも、それまでには感じていなかった感情がたしかにおれの中に湧きおこっていた。ナメクジの習性にあのリモコンを連想していたおれは、まるで自分のリモコンが踏みつぶされたような錯覚に陥ったんだ。吐き気もおそってきた。おれは何も言わず、無言のまま祖母の家を後にしたよ。

家に帰るが早いか、おれはリモコンを手にとって部屋に閉じこもった。底知れない恐怖が自分のなかでくすぶっていた。

いまでも、そのときの印象は強烈に残ってるほどさ。トラウマというやつだ。これはもう、ナメクジとおんなじ目にあうまえに、一刻も早くリモコンを逃がしてやらなきゃならないと思った。そしておれは、リモコンを連れて近所の林に向かって急いで家を飛び出したんだ。

リモコンが隠れるのに最適な場所を見つけなければならない。おれは、その一心で必死だった。

両親からは一人で奥に行くなと注意されてたけど、そんなことを守っていられる心境じゃなかった。おれは迷うことなく林の奥へ奥へと足を踏み入れていった。

道なき道を抜けていくと、ようやく良さそうな場所にたどりついた。苔《こけ》むした古木が横たわっていて、大きめの石があちらこちらに転がっている。巨木の葉が空を覆い、じっとりした空気が立ちこめている。

ここなら、誰にも見つかることはないだろう。そう思い、やっと落ち着くことができた。

おれは石のひとつに目星をつけて近寄った。持ち上げて少しずらしてやれば、リモコンが隠れやすい場所を作ることができるんじゃないか。そう考えたんだ。

持ち上げたとたん、おれはあまりのことに驚いて、思わず石から手を離してしまった。石の下には予想外の光景が広がっていたんだ。なんと、大小さまざまなリモコンたちがそこに隠れていたんだよ。

家のと同じようなテレビのリモコンや、エアコン用の小ぶりのもの。扇風機のものだと思うけど、手のひらに収まるくらいの小さなものまで色々あった。それらが入り乱れて、石の下で息をひそめていたんだ。さすがのおれも、絶句してしまって声を出すことすらできなかった。

恐る恐る、おれはもういちど石を持ち上げてみた。やっぱり、さっき一瞬見たものと寸分たがわぬ光景が広がっていた。

しばらく様子を眺めていると、おれの中からは自然と驚きが引いていった。すると途端に好奇心が頭をもたげてきた。そして、ここはいったいどういう場所なんだろうと考えはじめた。

なるほど。ここはリモコンたちの住処《すみか》なんだと、幼いおれは納得した。だけど、なぜこんなところにいるのだろう。

なるほど、と、おれはまたもや納得した。こいつらは、家から逃げ出してきたリモコンたちに違いない。よく見ると、どのリモコンのボタンも擦り切れていたし、端々に痛々しい傷がついていた。それらは、自然のなかで出来たにしてはなんとなく不自然に見えたんだ。リモコンたちは、きっと持ち主からぞんざいな扱いを受けて逃げ出してきたに違いない。そう確信した。

たくさんのリモコンたちが暮らすこの場所なら、自分のリモコンもうまくやっていけるんじゃないか。おれは、リモコンをそこに放してやることに決めたんだ。愛着をもっていたぶん別れはつらかったけど、リモコンのことを思って決意を固めた。石の隙間にそっと置くと、おれは振り返ることなくその場を後にした。

夜になって、両親はなくなったリモコンのことを不思議がっていたけど、ないと不便だからとすぐに新しいものを注文した。でも、おれはまもなくやってきた新しいリモコンを、またもや逃がしてやったんだ。

それが三度つづくと、両親は不気味がってとうとう新しいものを買うのをあきらめたよ。だからおれの家には、今でもリモコンを置いてなくてね。


こういうわけなんだ。

少しは分かってもらえたかい、物には命が宿ってるってことが。ああ、少なくともリモコンは生きてるよ。命は大事にしなけりゃならない。

おまえみたいにぞんざいに扱ってると、そのリモコンもそのうち逃げ出すはずさ。あまりにひどいようだと、自分で逃げ出す前におれがあの場所に逃がしてやるよ。そうなってからじゃあ遅いだろ。どうか大切にしてやってくれよ。うまく付き合ってると、そのうちなついて寄ってくるようになるってこともあるかもしれないからね。

でも、冗談みたいな話なんだけど、個人的にはあんまり大切にしすぎるのにも抵抗があって。

なぜって、あの二つを切り離して考えることがどうしてもできないんだよ。祖母の家で見たとき以来ね。ああ、容姿は全然ちがってても、リモコンを見ると今でもやっぱりナメクジを連想せずにはいられないんだ。ほら、大切に育てることを手塩にかけるっていうだろ。ナメクジに塩をかけるとどうなるか、知ってるかい？

別にリモコンで試したわけじゃあないけどね。塩と相性がいいとは、どうしても思えなくって。

文字

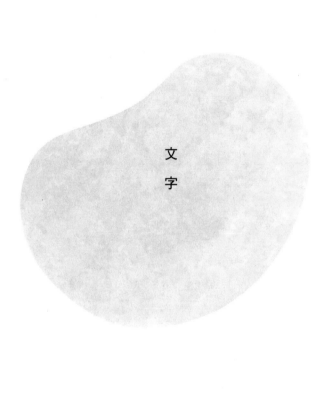

ひまつぶしに読みかけの雑誌を開くと、違和感を覚えた。まだ老眼という年齢でもないし、文字がかすんで見えるということでもない。この感覚はどこから来るのだろうと思ったが、考えてみても理由はわからなかった。そこで、雑誌を閉じ、昼間から酒を呷《あお》った。

「ほらほら、たまには外で運動でもしてきたら」

妻が入ってきていった。

「まあね」

彼女は置きっ放しにしてある雑誌を手にとると、中に目を通しはじめた。しかし、しばらくするとぽいと放り出した。

「最近じゃあ何を読んでも中身がなくってつまらないわね。言葉に重みがぜんぜんないし」

横になって、手で頭を支えながら聞いてみた。

「なあ、何か違和感を感じなかったかい」

「内容に？」

「いや、全体的に、なにか、こう、変な感じ」

妻は、もう一度手にとって眺めた。

「いわれてみれば、なんとなく」

「だろう？」

「でも、どこがおかしいのかな」

「それが全然わからないんだよ。で、こうして酒を飲みながら考えてるってわけ」

妻は、じっと誌面を眺めて考え込んでいるようすだった。

ふた缶目を開けたとき、妻があっと声をあげた。

「わかった、文字の書体が変なのよ」

「変って？」

「さあ、うまくいえはしないけど、見慣れない感じ」

「どれ。うん、いわれてみればそんな気がするなぁ。ちょっと待って、先月号がどこかにあったはずだ。比べてみよう」

「こんなのを毎月買ってるの？」

「ひまつぶしだよ」

新聞入れから雑誌を見つけ出し、問題のものと比べてみた。

「やっぱり、今月のから変わってる」

「どうして変更したんでしょうね」

「まあ、特に理由はないんだろう。そういうことも、たまにはあるさ。さあ、違和感の原因がわかったら眠くなってきた。ひとねむりするよ。夕飯までに起こしてくれ」

うつぶせになって陽に当たった。


その日を境に、おかしな文字はいたるところに現れはじめた。次に気がついたのは、会社の書類に目を通しているときだった。

読み進めるうちに、どことなくいつもの書類とは違った印象を受けていた。中身のない、空虚な言葉のつらなりなのは、いつも通りだったが。

「なあ、いつからこんな書体を使うようになったんだろ」

隣の席から声がかかった。それを聞き、どこかで聞いたことのある話のようだなと思った。

「そっちの書類も見せてくれ……やっぱりだ、ほら見てみろよ」

指摘されたところを見ると、なるほど、印刷の設定をいじったわけではないのに、昨日までの書類とは文字の書体が微妙に違っている。そこでようやく思い至った。きのうの妻との会話のことに。

「いま流行っているんでしょうか。きのう読んだ雑誌にも同じような文字が使われていましたよ」

それは、濃い黒色の輪郭に、中を淡い墨色で塗りつぶしたような書体の文字だった。

その原因も、文字の正体もわからぬまま、みんなで首をかしげたのだった。

妙な文字は、しばらくするとパソコン上の文字や電車の広告などでも散見されるようになった。
二、三日するうちに、そこら中の文字という文字が、同じような新しい書体の文字へと変わっていた。

「さすがに、世の中ぜんぶの文字を差し替えたって仮定には無理があるだろ」

「じゃあ、ほかにどんな理由が考えられるの」

「思いつかないなぁ。あれ、ちょっとこれを見てくれよ。また違和感だ」

手元の雑誌を妻に手渡し読んでもらった。

「たしかにちょっと変ねぇ……ひょっとして、輪郭の中の色がもっと薄くなってるんじゃないかしら」

妻は、指でさしながらそれをこちらによこした。

いわれてみると、ついこのあいだまでは墨色をしていた部分がさらに薄くなっていて、文字の中身が消えかかっているように感じられた。

「文字が、勝手に変わってるんじゃないの？　もしかしたら、そのうち中が真っ白になっちゃうのかも。白抜き文字みたいに」

妻の予言は的中した。数日もすると、身の回りの文字たちはすっかり白抜き文字に変わったのだった。

そのころになると、テレビのニュースでも連日のように、この奇妙な現象が取り上げられるようになっていた。特集が組まれ、原因の究明が行われた。しかし、何ひとつ得られるものはなかった。識者と称する者たちが、どこかで借りてきたような使い古された言い回しを、意味もなく繰り返すだけだった。専門家も、誰もが思いつく程度の答えをもったいぶって連呼するだけだった。彼ら自身も、何も分かっていないのだろう。それらの番組のテロップも、もちろん白抜き文字。

「いってた通りになったなぁ。どうしてこんなことが起こったんだろう」

「考えてもわかりっこないじゃない」

テレビの影響で、答えのないことをだらだら議論する癖がついている。

「でもまあ、もしかすると、文字が退化してるのかもね」

妻はときどき妙なことをいう。

「退化?」

「形骸《けいがい》化っていう言葉があるでしょ。中身がなくなって、形だけになっちゃうっていう。あれの通りだなぁって思ったの」

妻は何気ない調子でつづける。

「ほら、文字が白抜きになるのって、つまりは文字の中身が薄れてるってことでしょう? 最近はうわべだけを取り繕《つくろ》った、中身のない書き言葉が多くなったじゃない。

それで文字も中身を失って、輪郭だけになっちゃったんじゃないかって」

「おもしろい考えだね。もともと文字は進化してきたものだから、退化したって不思議じゃないってわけだ」

笑い話のようにして会話は終わった。

文字は、そのうち膨らみはじめた。本を読んでいるときに、そのことに気がついたのだった。

「なあ、今度は文字が大きくなってきたよ」

文字同士の間隔や行間が、詰まってきているのだった。白抜き文字の中に空気が吹き込まれ、膨らんでいるかのようだった。

「これ、突っついたらどうなるのかしら」

妻は、リビングから爪楊枝《つまようじ》をもってきた。そして唐突に本の最後のページを開き、最後の文字、句点にねらいを定めた。句点は、大きく丸く膨らんで、風船のようになっていた。

ぱん、と音がしたと思ったとたんに句点が破裂し、周囲に飛散した。と、それまで句点で支えられていた文字たちが、あふれるように順々に宙へと飛び出してきた。シャボン玉が、空へと一斉に放たれ宙を舞う。そんな様子を見ているかのようだった。

気がつくと、部屋の中はすでに文字であふれかえっていた。気づかぬあいだに、どこからか文字が飛び出してきていたのだった。見渡すと、それらは一様に、パソコンや携帯電話の画面から流れ出ていた。ふと、最近では句点のない文が世に蔓延していたことを思い出した。

妻は、句点を突っつく遊びに夢中になって、新聞の句点をかたっぱしから破裂させて回った。

「きれいねぇ」

文字たちは、小さな立体文字として空中に浮かんでいた。窓の外をみると、そこかしこに同じようなものたちがぷかぷかと漂っている。『い』や『に』など、ひとつなぎになっていない文字は、宙に出たとたんにばらばらになった。

狭い空間を脱出した文字たちは、日に日に大きさを増していった。手のひらほどの大きさになったかと思うと、すぐにひとまわり、ふたまわりと大きくなっていった。

町を歩くと、子供たちが文字で遊んでいるのをよく見かけるようになった。

そのなかには、アルファベットも交じっていた。宙に浮かぶ『I』に向かって

『O』を投げ、輪投げのようにして遊んでいる子供や、『V』を互いに用意して、松の葉でやる綱引きのようにして勝負する子供たちの姿もあった。

妻は、文字たちを敷き詰めてクッション代わりに使ったりした。休日には公園に出かけ、変則的にふわふわ漂う文字たちで一緒にバレーボールを楽しんだりもした。

テレビでは、『O』や『0』を浮輪代わりにすると、コストもかからず救助に使うことができると力説されていた。通信販売では、『イ』を飾りつけたものが椅子として売られていた。彼らの興味は、現象の謎を追うことよりも、その使い方でひと儲けすることのほうに移ったようだった。

文字は、書いたそばから紙をはなれていった。小さく書いた文字たちも、宙で上下するうちに、すぐに大きくなっていく。

空は、シャボン玉のように浮かんだ文字たちであふれかえっていた。ぶつかりあってひとつになり、奇妙な形になる文字もあった。

鋭いものに当たったり、鳥につつかれたりし、空中で破裂してしまうものもたくさんあった。それらはしなびた姿や破片となって空の上からこぼれ落ち、地面にふわりと落ち着いて、それを雀《すずめ》がついばんだ。

ある日、妻がいった。

「ねぇ、さいきん空の文字たちが少なくなったと思わない？」

「そういわれてみれば。しぼんだり割れたりして、だんだん落ちてきてるからじゃないかな」

「それもあると思うけど、もっと高いところに飛んでいってるものもあるようなのよ」

「どういうことだい」

妻がまた、妙なことをいいはじめる。

「いくらかは、宇宙に出ていってるんじゃないかと思うの」

事実、望遠鏡でのぞいてみたのだというのだった。

「出ていって、どうするんだろう」

「さあ。でも、宇宙を旅するんじゃないかって、そう思うの」

旅をするとは、これまた妙だ。

「軽くなった文字たちは宇宙空間で別れて、それぞれが思い思いの方向へむかってく。そうして、いつかほかの星にたどりつくの。そこの土地で芽を吹いて、また新しい文字を生む。なんだかそんな気がするのよ」

妻のおかしな発言は、だいたい当たる。

「すると、おれたちがこれまで使ってきた文字たちも、遠いむかし、軽くなった文字たちが宇宙のどこかからはるばるやってきて、この星で育ったものなのかもしれないなぁ」

しばらくすると、空からは文字がすっかり消え去って、平穏な日常がもどってきた。

道を歩くと、地面に落ちてしぼんだ文字たちから、新しい命が一斉に芽を吹いている。

試練

朝起きると、すでに八時を回っていた。授業開始は八時半。登校に三十分。やばい。急いで着替えて家を出る。

ぼくの部屋はマンションの六階にある。普段、一階まではエレベーターを使って降りている。だけど、今朝のように急ぎのときは、いつも階段を使うことにしている。急いでいるときはエレベーターを待つ時間も惜しいんだ。

ぼくは走って階段に向かう。と、何やらいつもと様子が違うことに気がついた。階段の入り口に、ロープが張り巡らされている。そして、危険・使用禁止の表示。今朝に限って、なんて運が悪い。こうなったらエレベーターでいくしかない。

ぼくは急いで引き返し、下へ降りるボタンを連打する。そのときふと、妙なことに気がついた。エレベーターの階数表示が、いろんな階をいったりきたりしてるんだ。

こんなことってふつう起こるのか……。

いや、起こるはずがない。きっとこの階の表示だけが、誤作動でも起こしているのだろう。後で管理人に言っておかなくては。それにしてもずいぶん時間がかかるな。こんなのは初めてだ。やっぱり何かが故障してるのか。もしかしたら、エレベーター自体が使えなくなっているということも……。

エレベーターの到着を知らせる音で、ぼくは我に返った。なんだ、ちゃんと動いているじゃないか。さあ、さっさと乗り込もう。思わぬロスが生じた。急がないと。

開いたトビラの向こうには、予想以上にたくさんの人が乗っていた。明らかにゴミ出し帰りのおばちゃんに、カバンを抱えたサラリーマンや学生。それらの人が、満員電車のごとくぎゅうぎゅう詰めで乗っていた。この異様な光景にぼくは一瞬ひるんだ。しかし、遅刻の身分。これしきのことで身を引いていてはいけない。隙間に体をねじ込んで、なんとか入りきることができた。

トビラが閉まりエレベーターが動きだす。

「えっ」

とぼくは思わず声を上げていた。そして混乱に陥ってしまった。この、床に押し付けられるような感覚。そう、下に行くはずのエレベーターが、なんと上昇しはじめたんだ。

しばらく上がった後に、エレベーターは突然止まった。

「降ります、降ります」

一人のおばさんが声高らかに、エレベーターから降りていった。

「やっと降りられたわ」

溜息まじりにつぶやくおばさんを前にトビラは閉まり、やっとのことでエレベーターは下降をはじめた。何が起こったのかは理解できなかったけど、ひとまず下に動きだしたのでひと安心だった。

二階まで降りてきたところで、再びトビラが開いた。誰かが乗り込んでくるのかと思いきや、そうでもなさそう。といって、誰かが降りることもなかった。すばやくトビラが閉まる。何のために、この階に止まったのだろう……。疑問は残るが、まあいいさ。さあ、一階へ。

ところが、そううまくはいかなかった。エレベーターは、どういうわけかまたもや上昇を開始した。七階で止まったかと思うと、次は五階に。その次は三階。とうとう、六階まで戻ってきてしまった。

混乱はピークを迎え、ぼくは隣の人に話しかけた。

「いったい、何が起こっているんですか」

「私もちょっと理解に苦しんでいるところです」

「朝から、ずっとこうなんですか」

「そうなんです。私が乗り込んでから、かれこれ一時間ですか。もっと前から乗っている人もいるようですよ、ほら」

その先には、サラリーマンの姿があった。かなり、いらいらが募っているようだった。

彼が天井を見上げているので、ぼくもそれにつられて視線を天井へと移してみた。すると、不思議なことが起こっていた。

「あれは、いったい」

「どうやら、ルーレットになっているようなんですよ」

「はあ、なるほど。確かに階数表示が点滅してますね。でも、どうして。あんなもの昨日まではなかったはずです。あっ、まさか」

「そのまさかです。どうやら、あのルーレットによって止まる階が決まるようなんです。見ていてください……」

次の瞬間、ルーレットの表示は十一を指し、やがてエレベーターは十一階で止まった。

「ずっとこの調子なんです。なかなか一階に止まってくれない。私なんて、完全に遅刻ですよ」

なるほど。改めて周りを見渡すと、ほとんどの人が天井を見つめている。みなそれぞれの思いを胸に、ルーレットを見つめているようだった。中には半ばあきらめている人もいるようで、下を向いて溜息ばかりついている人もいた。完全にあきらめて、自分の部屋の階で降りていく人までいるようだった。

いろいろな人を眺めるうちに、ぼくはこのまま乗りつづけることを決心した。こうなったら、なにがなんでも目的地にたどり着いてやろうではないか。

この謎の現象に対して、ぼくは自分なりの考えをもつようになっていた。

これはきっと、便利なものに依存しきって忍耐力を失ってしまった人間への戒めに違いない。世に蔓延している怠惰の渦。それを一掃する、いい機会じゃないか。それに、今の人々は時間にとらわれて、いつもそのことばかり気にしている。それによって失ったものは、いったいどれほどあるというのか。

いまこそ、すべてを反省するときだ。これは、文明の利器にすがってばかりいる人間に対しての天罰なんだ。そしてこの試練は、避けては通れないものなのだ。

妥協は許されない。最後までがんばろう。使命をまっとうしてやるぞ。ぼくの決意はものすごいものだった。

どれほどの時間が過ぎただろうか。ついに、そのときがやってきた。ルーレットは一のところで止まり、エレベーターは下降をはじめたのだ。ああ、やったぞ。ぼくは、試練を乗り越えたのだ。

トビラが開き、苦労をともにした仲間たちがいっせいに勢いよく飛び出した。外の空気を吸うのは本当に久しぶりのような気がして、ぼくはなんだかとても新鮮な気持ちになった。たぶん、多くの人がそう感じたことだろう。

時計を見る。完全に遅刻だ。しかし、いまとなっては遅刻などたいしたことではないのだ。使命をまっとうしたことに対する爽快感が体を包む。

さて、学校に向かうか。ぼくは、達成感に満ちあふれていた。人として、一回り成長できたように思えた。この先どんなことが起こっても、いまの自分には越えられぬ壁はないと思えるほどだった。マンションの自動ドアがゆっくりと開く。

しかし、そこに広がる光景を見て、ぼくは愕然となった。道路という道路がコマ分割されていたんだ。横にサイコロが置いてあるのが目に入り、ぼくは呆然とその場に立ちつくした。

千代紙

たまたま手に取った雑誌の隅っこのほうに、その会社は求人広告を掲載していた。なんでも、千代紙を製造する会社だという。私は千代紙など幼い頃に数度触っただけの記憶しかなかったし、なんの予備知識も持ち合わせていなかったが、漠然とある美しいイメージに惹かれ、その会社を訪ねてみることに決めた。職を失ってからしばらくのらりくらりしていたけれど、そろそろ貯金も心もとなくなってきた頃だったのだ。

「どうも、先ほどお電話したものですが……」

会社というよりは、小さな工場とでも言ったほうが正しいような印象を受けた。それは、出てきた社員の格好を見て、より強いものとなった。

「はいはい……どうぞ」

青い作業服を着た男は、気の抜けたような語調だった。

「御社の求人広告を拝見しまして、今日は見学をさせていただきたく……」

「はいはい……どうぞ」

事務室らしい部屋を抜けると、いくつかの機械が並んだ空間へと通された。端《はし》に大きな水槽があり、数匹の立派な錦鯉が泳いでいる。なぜこんなところにあるのか分からない傘たてには、やたらと傘が立ててある。今日は雨の予報だったろうか。

「ここが作業室です」

「では、ここで千代紙を作っているというわけですね」

「ええ」

しばらくすると、機械から見るも鮮やかな千代紙が一枚飛び出してきた。私はそばに近寄り、手にとってもいいかと男に訊《き》いた。

「千代紙って、こんなに美しいものでしたかねぇ。この菊模様は見事なものです」

「はあ、そうですか……」

男は別段うれしそうなそぶりも見せず、なんでもないことのように聞き流した。褒められ慣れしているのだろうか。これくらい、職務に携わる者にとっては当たり前だといいたいのだろうか。

それにしても、次の千代紙がなかなか出てこないな。一枚一枚丁寧に作っていると
いうことかな。しかし、機械を使っているのに大量生産ではないんだなあ。それなら、
なんのための機械なのだろう。

「機械を全体的に見せていただいていてもかまいませんか」

私は、軽くうなずいて歩き出した男のあとを追う。

ちょうど先ほどの位置からは見えなくなっている裏側のところまでくると、ひとり
の青年が機械に向かってなにかを投げ込んでいた。

「あれはなにをやっているんですか」

「千代紙のもとになるものを入れているんです」

私は首を少しかしげる。

「すると、紙を入れているんですか」

「紙を入れてどうするんですか。それは機械の中に入っていますよ」

「ではなにを投げ込んでいるんですか」

「模様のもととなるものです。いまは菊の花の時間ですかね」

私はその言葉に耳を疑った。

「菊の花？　そんなものを入れてどうするんです」

　男は驚いた顔になる。

「では逆にお聞きしますが、菊の花を入れなければどうなるとお思いなんですか」

「どうって……」

「白紙を何枚も製造したってまったく意味がないでしょう。そんなのは千代紙でもなんでもない。あなた、そんな紙切れが欲しいですか」

「いえ……」

　論点がずれている気がしないでもないが、どうだろう。私の気のせいだろうか。

「ところで、菊を入れてそれが千代紙になるのには、どのような過程を経ているんですか」

「さあ。私どもは決められたとおりにスイッチをひねっているだけですからね。そんなくだらないことが知りたいのなら装置を作った大本の会社にでも問い合わせてくださいよ。さあ、いま電話番号を言いますから、メモの用意はいいですか」

　なにかが嚙み合っていない気がするが、いったいどこがおかしいのだろう。少し腕を組んで考えてみる。そうこうしているあいだに男が数字を言いはじめたので、私は慌ててそれを止めた。

「また今度でお願いします」

「そうですか」

男はご自由にどうぞと言い残し、事務室のほうへと戻っていった。

私は菊を投げ込んでいる青年のもとに歩み寄った。

「一日中そうやって菊の花をいじっているんですか」

青年はこちらを向く。間の抜けたような表情で虚《うつ》ろに眺めてくる。そうしてぼんやり自身を指さして、首を傾けた。

「そうそう、そうですよ。あなたに訊いているんですよ」

私は呆れ顔で言った。

「あなたはずっと菊をいじっているんですか？」

青年の足元には菊の束が置かれてあった。注意を怠れば、足をとられかねないくらいの高さだ。

「いくつかの種類の千代紙を作っているので、それごとに使うものは違いますけど……」

「他になにを使うんです？」

「あれです」

青年は、傘たてにあふれた大量の傘を示した。

「なるほど。他にはどうなんです？　あ、もしかすると、あの立派な錦鯉もそうなんじゃないですか」

「はあ、そうです」

「ああいうのは、いったいどこから手に入れてくるんですか。専門の業者でもあるんでしょうか」

「傘はコンビニなどの傘たてから。鯉は近所の生簀《いけす》からです」

「なんですって。傘たてからって、あなた、それじゃあ泥棒じゃないですか」

「そうなんですか」

「まさか、鯉も盗んできたんじゃないでしょうね」

「次に捕りに行ったときはまた元の数に戻っているので、きっとご理解をいただいていることと思います……」

「それは、単純に盗まれた分を持ち主が補充しているだけでしょう。それを次から次へと、よくもまあ。完全に窃盗罪《せっとうざい》ですね。おまけに、住居侵入罪とかも関わってくるんじゃないですか？」

「さあ、どうなんでしょうか。そのへんのことを誰かぼくに教えてくれないかなあ。そうだ、あなたは詳しそうだ。あなた、教えてくれませんか。ぼくはどうなるのでしょうか」

青年はぽけっとした顔で、さして気にも留めない様子で言う。自分で調べる気はさらさらないらしい。受身の人生を送る者の代表ともいうべき存在だ。

「……まさかとは思いますが、滋味のある花を咲かせる古木。それをもつ屋敷に忍びこみ、花を枝ごとこっそり拝借、なんてこともやっているんじゃないでしょうね」

「はあ、よくおわかりで。倉庫にしまってあります」

「すると、鶴なんかもどこかから盗ってきているのでは？」

「まさか。近くに鶴を飼っている家があるもんですか。ですから、ここでは鶴模様は製造していません」

近場から盗んでくるしか能がないらしい。

話をしながら、青年は作業に戻りたそうに機械のほうをわざとらしくちらちら見はじめた。

「それなら菊はどこから……」

「たまたま近所に栽培農家があるので、そこから……」

盗んできているというわけか。訊いた自分がばかだった。

「あ、肝心の紙はどうなんです？　近くに製紙工場なんかなかったと思うのですが、いったいどこから」

青年は、手に持ちっぱなしになっていた菊を機械にかけようと、投入口にぼんやりしたまま一歩近づいた。

「業者から買っているに決まっているでしょう」

青年がそう言って菊の束をまたいで越えようとした、そのときだった。足元に積んでいたそれにつまずき、彼が機械の穴に落ちこんでしまったのだ。その途端、機械はピーピーと認識音をたて、助ける間もなく青年の姿はあっと言う間に吸いこまれて見えなくなった。

なんてのろまなやつなんだ。

いや、そんな呑気なことを言ってる場合ではない。私は事務室に駆けこみ、男を呼んだ。

「大変なことになりました。作業をしていた人が機械に入っていってしまいました」

男は特に慌てた様子も見せず、ゆっくり立ち上がった。

「またか。たまに不注意でこういうことがあるんですよ。お騒がせしました」

私は釈然としないまま、

「彼はどうなるんですか」

男は、いまお見せしましょうと言って作業室に行き、すぐに戻ってきた。

「ほら、こうなるんです」

私は手渡された紙を見た。そこには、先程の青年の冴えない顔があった。

「これでもう三人目だ。最近、二人いたうちの一人が落ちて紙になってしまったので求人広告を出したのに、これじゃあ新たにもう一人加えて、全部で二人も募集しなければならないなあ」

そうつぶやいて、彼は紙を丸めてゴミ箱に捨てようとした。

「ちょっとちょっと、どうする気ですか」

「どうするって、捨てるに決まってるじゃないですか。千代紙製造機から出てきたとはいっても、千代紙とは似ても似つかないただのゴミくず。こんなもの、誰が欲しがるんです。それとも、あなたがもらってくれますか」

「いりませんよ」

そう強く言ってから少し考え、私はすぐに言いなおした。

「やっぱり、もらいます」

そのまま捨てられるのを見過ごすのも、なんとなく罪悪感にかられるではないか。

「物好きですね。それはそうと、あなたはうちの会社に入社希望なんでしょう？　どうですか、望むのなら即採用、今日からでも働いてもらいたいのですが」

「冷静になって、もう一度家で考えてみます」

誰がこんなところに就職などするものか。


家に帰ると、もらってきた紙のしわを伸ばしてみた。ぽけっとした顔が虚ろにこちらを見つめている。こんな薄気味悪いもの、到底千代紙などと呼べたものではない。いっそやはり捨ててやろうか。いや、なにかの祟《たた》りがあるかもしれない。毎晩夢の中にこのやる気のない顔が現れるようにでもなったら、それこそ悲劇だ。

重厚な色彩の紋や模様をもった千代紙。これを目の前にすると、もう気分までが華やいでくるというのに、この出来損ないは、ちょっと見るだけでいらついてくる。しわひとつつけるのさえもためらわれる千代紙。こいつのは、くしゃくしゃに丸めて叩きつけてやりたくなってくる。

私が最近、この千代紙の処遇を思い悩んでいるばかりに職探しが手につかないでいるのも、納得していただけるのではないかと思うのだが。

干物

いやいや、いいんだ。それはそこに入れておいて。

大丈夫、おれは正気だから。これにはわけがあって。実はね、ぜんぶ同期のクドウにもらったものなんだ。

そういえば、クドウのことをちゃんと話したことはなかったっけ。

クドウはね、中性的で甘いマスクの持ち主で、女子の人気がすこぶる高いやつなんだ。

見た目もとっても華やかで、

「ちゃんたま」

と、たまちゃん、というおれのあだ名をひっくり返して呼ぶあたりも業界人っぽい。

まあ、見ようによっては表面的に見えなくもなくて、誤解を生むことも多いけど、話してみればその印象はくつがえる。中身はすごく思慮深く、根っこはとってもまじめなやつなんだ。もっとも、朝帰りが多いのだけには閉口するけどね。まあ、何をしてるのかは知らないふりで。

それからクドウは、ファッションへのこだわりが強くって。ぶかぶかしたものやひらひらしたオシャレな服を会社にまで着てくるくらいなんだ。まあ、素人のおれからすると、単に人の気を引きたいだけの薄っぺらにしか見えないけれど。というようなことを言うと、

「おい！」

と口を半開きにして、にこやかに怒り笑いをする。その一連のやり取りが、おれはけっこう気に入っている。

そんなクドウの奇妙な趣味を知ったのは、知り合って一年ほどがたってのことだった。

あるときおれは、クドウをランチに誘いにいったんだ。そのときさ。信じられない光景を目撃したのは。

デスクに近寄り声をかける寸前に、おれはクドウが何かを口にしているのに気がつ

いた。

なんだ、何かを食べてるのなら、今日はランチは無理かもな。瞬間的にそう思ったけど、それでも一応、誘うだけは誘ってみようとおれは口を開いたんだ。

そのときだった。

クドウが口にしているものが目に入り、おれは我が目を疑った。

「クドウちゃん、それ……」

奇抜が行きすぎて、奇行に走ってしまったのかと思ったね。クドウが食べてたその物体は、あろうことか見まごう方ない布切れだったんだ。ああ、クドウは布切れを歯で噛み切って、むしゃむしゃやってたというわけなんだ。信じられないだろ。

「あれ、ちゃんたま、何やってんの」

いやいや、おまえこそ何をやってるんだという話だったが、啞然としすぎてすぐには言葉が返せなかった。一拍おいて、おれはうろたえながら会話をつづけた。

「いや、ランチに誘おうと思ってね……」

「あーそれで言うとな、今日はこれで済まそうと考えてたわ」

……このまま放っておいて、クドウには二度と近づかないようにするという手もあるにはあった。でも、おれとクドウの間柄だったから、おれはあえて突っ込んで尋ねてみることにしたんだよ。

「あのさ、いちおう聞くけどさ……クドウちゃんが食べてるのって、布だよな？」

するとクドウは、おれの気持ちを知ってか知らずか、いつもの調子で怒り笑いをした。

「おい！」

何に突っ込まれているのか分からぬまま、おれはクドウが言うのをただただ聞いた。

「もっとこうさ、ちがう言い方があるじゃん。布っていうのも間違いじゃないけど、ちゃんと服って言ってほしいわ」

「じゃあ、やっぱり布を食べてるんだ……」

それ以上、コメントが見当たらなかった。クドウがたくさん服をもっているのは知ってたけれど、まさかこんなことに使うためだとは知らなかった。服が好きすぎて、こうなってしまったのですね。ご愁傷様です……。

おれがめまいを感じながら立ち去ろうとすると、クドウは言った。

「ちゃんたま、なんか勘違いしてるでしょ。服って言っても、これは食べるほうの服だよ。それにこれは、ただの服じゃなくて、服を干物にしたものなんだよ」

「食べる服？　干物？」

疑問点が満載で、どこから紐解《ひもと》いていけばいいのか、おれの頭は混乱に陥ってしまった。

クドウは、やれやれといった感じで言った。

「服には、着るためのものと食べるためのもの、二つがあるだろ。ほら、魚だって、観賞用のやつと食用のやつがあるじゃん。あれとおんなじ」

こいつは、何を言っているのだろう。理解に苦しんだけど、でも、食べられると仮定しなけりゃ話が進まない。そこでおれは、素直にうなずいた。

「それがただの服じゃないってことは分かったよ。で、干物ってのは」

「そのままの意味だよ。服の干物」

そんなものがこの世に存在するなんて、初耳だった。

「どうやって作るんだい」

「それはな」

と、クドウ。いい質問だと言わんばかりのリアクション。

「まずは服を二枚におろすところからはじめないとだ」

「どうやって」

「もちろん、包丁で。服の真ん中あたりを、首から裾《すそ》までざっくり開く。それで今度は、中のものを洗いだす」

「中のもの？」

「内臓よ」

と変な訛《なま》りでけろっと言う。言い切るからには、あるのだろうなぁ内臓が。

「中身をきれいに洗ったら、次は塩につけこむ工程な。これをやると、うまみが出てきて、まろやかな味になるんだよ。それから真水にくぐらせて、風のよく通る場所で乾燥させる。天日干しで、太陽光をたっぷり吸いこませてな。それで、干物の完成」

途中からはまるで洗濯じゃないかと、おれは心の中で突っ込んだ。

「干物にはきれいな風が大切だから、おれは干物づくりをするときは海辺の町まで出かけて行って、網を出してそこで干すようにしてるんだ。そうやって出来た干物には、カルシウムとDHAが豊富に含まれてるからな。手間をかけるだけの価値はある」

おれの目に、開かれてパリパリに干上がった真白のTシャツが鮮やかに浮かぶ。

「で、どうやって食べるの？」

「それで言うと、こうやってそのまま食べるのもアリだけど、七輪で炙《あぶ》るのが一番だな。炭火で炙ると余分な脂が抜け落ちて、香ばしくもなるんだよ。抜群にうまいよ。服の干物はどんな酒にも合うし、ワインとかにも最高なんだわ」

たしかに、干物は酒の肴《さかな》にはもってこいだけど。

「食べ方もそうだけどな、うまい干物を作るにはそもそも鮮度の高い服を使うってのも大切で。こんなに新鮮なのを干物にするなんてもったいない、なんて言わせられれば勝ち組やで」

と、中途半端な関西弁で誇らしげ。いったい誰と競っているのかは知らないが。

「活きの良い服ってのは、どこに行けば手に入るの？」

渋谷とか、原宿だろうか。

「いろいろあるけどな。いいのはやっぱり築地だな」

ファッションの聖地がそんなところにあったとはねぇ。

おれは、大量の服が水揚げされている様子を思い浮かべてみる。Yシャツ、ポロシャツ、ブルゾン、ダウン、Pコート……。あの巨大魚市場の一角に、そんな奇妙なものが持ち込まれていたとは。発泡スチロールに氷と一緒に詰めこんで、銀座にでも出荷するのだろうかなぁ。

「本当に良いものを手に入れたいのなら、朝一に築地に足を運ぶことだよ」

なるほど、クドウが朝帰りが多いのは、早朝の競りに参加しているからだったのかと、妙なところで合点がいった。変に勘繰ったりしてごめんなさい。

「でもな、最近はもっと活きのいい服で干物をつくるのに凝ってるんだ」

おれが首をかしげると、

「自分で釣った服を使うってことだよ」

「釣る？　どこで」

「海で」

愚問だった。

「なるほどね、小さい針のいっぱいついたサビキなんかを垂らしておくと、子供服がいっぱい釣れそうだなぁ。豆アジならぬ、豆服とか」

「そういうやつの丸干しもうまいけどな。だけど、干物にするならもう少し大きなサイズだな」

「船釣りってわけだな」

「いや、伊豆のほうまで行けば、陸からの遠投で大きなやつが釣れるんだよ。そうだ、こんど釣ってきたら、ちゃんたまにもあげるわ」

そんなものもらってもねぇと思ってたんだけどね、そのときは。


と、こういう具合で、釣った服というのをクドウにお裾分けしてもらうことになったというわけなんだ。だから、そう、冷蔵庫に畳んであるのはクドウが伊豆で釣ってきた食用の服たちなんだよ。

ほんとはもっとたくさんもらったんだけど、ちょうどいま、青い三段ネットを吊り下げてベランダで一夜干しをつくっててね。ネットに入り切らなかったやつが、そこに入ってるってわけ。

ああ、ラップに包まれてあるやつかい？　それは今日の夕食さ。余った服で、活造りをつくってみたんだ。服の刺身なんて食べたことないだろ。さっき味見をしてみたけどね。あれはご飯がよく進むよ。たしかに干物にするのはもったいないくらいの鮮度だなぁと感服したね。

ただ困ったことに、あまりにクドウがたくさんくれるもんだから、刺身にしても服はまだまだ余ってしまって。捨てるのももったいないし、見た目はふつうの服と変わらないんだから、おれはいっそ着てしまえばいいやと思ったんだ。そう、いま着てるこの黄色いシャツは、クドウにもらった生の服というわけなんだ。

でも、自分で着てみてあいつの言ってた意味がわかったよ。食用だからだろうね、着てるとなんだか落ち着かなくて。仕方ないからさっさと脱いで、ハンガーにでも吊るして乾燥させようかと思ってるところだよ。

この汚れ？　そうなんだ。味見のときにうっかり醬油をこぼしちゃってね。

でも大丈夫。クドウが言うには、こういう染みこそ通好み。干物をうまくするらしい。

染み抜きなんて、もってのほかさ。ああ、焼けば風味が出るとかで、いろんな染みは、かえって味に深みをもたらすことになるらしいんだよ。

綿雲堂

夢幻《むげん》三丁目にある綿雲堂《わたぐもどう》ほどおもしろいものは、そうそうない。

今まさに、一人の男が迷路のように入り組んだ路地に迷いこんできた。軒先に虚ろに出ている看板を見つけ、口を半開きにしている。店の宿す摩訶《まか》不思議な雰囲気をかぎとったようだ。

「わたぐも堂、かあ」

視界にちらりと入りこんだ空は、すっかり重たい雲に覆われている。

男はすりガラスに顔を寄せ中をのぞきこもうとしたが叶わず、今度はガタガタと木製の戸をぎこちなくスライドさせはじめた。

「いらっしゃい、開きにくいでしょう。この戸はコツがいるんですよ」

すりガラス越しに人影がちらついたかと思うと、空気を含ませたような、優しい微笑を浮かべた男が歩み出てきた。

「さあ、どうぞ中へ」

どうやら店主らしい。彼は男を店に招き入れると奥のカウンターに腰をかけ、メガネをかけた。読みかけの文庫本から栞《しおり》を抜いて、

「どうぞ、ごゆっくり」

そうにこやかに言って本に目を落とした。

男はここにきてようやく店内に顔を向けた。と、彼は思わず嘆息にも似た声を口の隙間からこぼしそうになった。だが、かすれ声すら流れ出ることを許されなかった。言葉が見当たらない、どころの話ではなかった。絶句。この一語に尽きた。

――雲だ――

信じられないことに、そこには、ぽっかり切り取られた小さな空の風景が所狭しと並べられていたのだった。乳白色からはじまって、群青《ぐんじょう》、紫紺《しこん》、紅赤《べにあか》、茜《あかね》。果ては鼠《ねずみ》や鉛の色をした小さな雲たちまで、それぞれ水のない水槽の中にぷかぷかどよどよ漂っていたのだった。

「……」

明るい色のものたちは、直接照明が当たっていないところにあっても、自らが光り輝いているかのように見えた。そうでないのが、黒色系統のものだった。こちらは電気を落としているわけでもないのに、やけに光るのを自重しているように見受けられた。このギャップが決め手となるまでもなく、男の心はたちどころに鷲《わし》づかみにされてしまったのだった。

「売り物なんですか、この雲たちは……」

店主は、憎々しいくらいに落ち着き払っていた。

「もちろん、そうですよ」

雲のもつ美しさを、ここまでまざまざと見せつけられたことが、いまだかつてあっただろうか。男は、これまでの観念をめちゃくちゃにされた感じがした。

空が美しいのは、その深遠なるスカイブルーのせいだとばかり思っていた。しかし、空とは、雲が空の良いところを引き出していたからこそ美しかったのだ。雲が空を引き立て、空も雲を引き立てる。そんな甘ったれた相乗効果など存在しえない、確固たる真相を目の当たりにした気がした。雲のない日は、雲のないというその事実のみが空を綺麗に見せていたらしい。

ほんの数瞬のうちに、さまざまな考えが男の頭を駆けめぐった。

「お客さん、どうされましたか。具合でも悪いのでしたら……」

心配した店主が立ち上がった、そのときだった。彼はうっかり天井から吊るしてあった笊《ざる》に頭をぶつけてしまい、中からこぼれ落ちた小銭が音をたてた。

「あいたた……またやった。吊り場所をもう少し考えないとなあ……」

その音で、男ははっと我に返った。

「表現しようのないほど美しいですねぇ。骨抜きにされるところでしたよ……」

「ありがとうございます」

店主は顔を火照らせて頬をポリポリ掻いた。

「この雲たちは、どうやってつくっているんですか」

「いいえ、つくっているのではないんですよ」

「なら、どうやって。差し支えのない範囲で教えてくださいませんか。ほんの少しだけでもいいんです」

男は夢中になって身を乗り出した。

「だいぶ興味をもたれたようですね。なんだかこちらまでウキウキしてきましたよ。

分かりました、お教えしましょう。つまるところがですね、雲を飼育しているわけなんですよ」

「飼育とは？　雲は卵から孵《かえ》るんですか、それとも……」

そこから先が、どうにもつづかなかった。雲は爬虫《はちゅう》類か、哺乳《ほにゅう》類か。

「幼雲《おさなぐも》が生まれるのにはいくつか方法があるのですが、代表的なものは二つです。ひとつ目。それは水しぶきから上がる水けむりです。雲はそこから生まれます」

「水けむり？」

「ええ。丹念に調査した結果、いくつかの満たすべき条件があることが分かりましたが、結論だけ簡単に申しあげますと、この近くの山奥にある滝壺から上がるものがそれを満たしておりまして」

「滝ですか」

「私は綿雲ノ滝と呼んでいますが」

「なるほど。それで、どうやって雲を捕まえるんですか」

「これですよ」

店主は引き出しを開け、なにかを取り出した。

「わりばしですか？」

「これをパキッとふたつに割って、と、それっ。で、こんな具合にぐるぐるかき回すんですよ」

「……まるで、綿アメですね」

「ですから、綿雲、それからもじって綿雲堂、と、こう名づけさせていただきました。それから、わりばしの先には甘い香りのする自家製の液をつけてやります。その方が効率よく雲を捕まえることができますので」

「雲は甘い汁が好きなんですね」

男は微笑した。

「ふたつ目も、お聞きになりますか？　一から十、全部話してはつまらない気もしますが」

「ぜひ、お願いします」

男は少年のように目を輝かせて言った。

「では、お教えしましょう。もうひとつは、温泉の湯けむりです」

「なるほど、ありそうなことです」

「やはり山奥に、温泉の湧き出ているところがあるんですが、そこから立ちのぼる白い湯けむりが鍵となります」

「たしかに湯船に浸かりながら、ずんずん湧き上がってくる湯気をからめとってやりたい気持ちになったことはあります」

「そうです、それですよ、ことの発端は。

私もある日、その秘湯に体を預けながらぼんやり指をクルクルやってみたんですよ。すると、柔らかな繊維が次第に指にからみついてくるではありませんか。のぼせるくらいに長くやりつづけると、かわいい雲のかたまりとなってきた。持って帰って部屋に放せば、ちゃんとふわふわ宙を漂うじゃありませんか。私は、空の縮図をそこに見出しましたよ。そして、あまりの美しさに呆然となりました。さっきのあなたのように」

と、そう言って店主が子供のような無垢《むく》な表情で口許《くちもと》をゆるめた、次の瞬間のことだった。突如としてビーッという大きな電子音が空気をかき乱した。

「あっ、メーターが振り切れてしまったようです。ちょっと失礼しますよ」

店主はそう言って、テキパキとなにかの作業をこなしていった。

「それはいったい何を……？」

「すみません、ちょっとお待ちを……ふぅ、大丈夫だった」

店主は額に浮かんだ汗を拭った。男は首をかしげながら、

「なにが大丈夫だったんですか」

「雲を飼育するのには温度と湿度を正確に管理する必要があるんですが、今、その温度のほうのメーターが振り切れていたので正常な状態に戻したんです。人が一人増えて、体温で室温が上がったんでしょう」

「ずいぶんデリケートなんですねぇ」

「ええ、手のかかる子供のようです。ですが、面倒をかける子供ほどかわいいと言いますか、その分、やはり愛着を強くもちますね。私も、こうして売り物として出してはいますが、この子たちに首ったけでしてね。それぞれに個性があり、良さがある。もちろん悪いところもありますが、もうかわいくてかわいくて仕方がない。

ですが、あなたのように正真正銘の純粋をお持ちの方には、快くお譲りしていますので、ご安心ください。興味がおありなんでしょう？　お気に召したものを、どうぞお持ち帰りください」

その言葉を聞いたとたんに男は目を輝かせはじめた。

「本当にいいんですか」

「もちろんです」

「でも、こうたくさんの雲があると、どれにしようか迷いますねぇ……」

男は、一番近いところにあった水槽を指さした。

「たとえばこれは、どういった性質の雲なんですか?」

薔薇《ばら》色の雲だった。

「こいつは、つつけば壊れてしまいそうな繊細さを宿した雲です。だがそれでいて、不思議な力強さも内に秘めている。まさしく、暁《あかつき》のごとしです。この雲を眺めているだけで、朝焼けを見るような明るい気持ちになっていきます」

次に男は別のひとつを指さして、店主に尋ねた。

「こちらの墨色の雲は、どういうものなんですか」

「誤解を恐れずに言えば、気持ちを暗くさせるジメジメした性格のやつです」

「だめじゃないですか」

「いえいえ、こいつもちゃんと役に立つのです」

「といいますと?」

「世の中には恐いもの知らずと呼ばれる人たちがいますが、その厄介な性質をなおすのに一役買うんですよ。

世の恐いもの知らずたち、当の本人たちはおもしろおかしく毎日を過ごしていても、その周りの人たちはいつもヒヤヒヤするだけでたまったものじゃないでしょう? 周りのほうが、いくつ命があっても足りないくらいです。それで、どうにかその性格を正したい。と、こう思うわけです。

そこで、この雲を部屋に置いてやるわけです。すると、どうでしょう。さっきまで、今度はビルの間に張った綱をバイクで渡るんだと叫んでいた者が、人が変わったように縮こまってしまう。失敗するに違いないからやめておこう。これからは堅実な人生を歩んで、早く周囲を安心させてあげよう。そうぶつぶつ呟くようになります。家族も一安心です」

「なるほど……」

と、男はその上に積んであった水槽に目を奪われた。

「これは……」

「銀杏《いちょう》色が美しいでしょう。それはですね……」

「ストップ、一から十、全部話してはつまらない、でしたね。これをいただきます。どういった雲なのかは自分で見極めますよ」

「ふふ、分かりました」

そう言うと、店主はにこっと笑って奥に引っこんだ。しばらくすると、大きめの金魚袋を手に持って戻ってきて、

「少々お待ちくださいね」

バッと袋の口を広げ、素早い動きで水槽に浮かぶ雲を押しこんだ。

「はい、どうぞ」

男は顔をほころばせて店主に深く礼を言った。

「大切にしてやってくださいね」

男が雲を片手に戸を開くと外は夜のように真っ暗で、雨が吹き上がる勢いでアスファルトを激しく打ちつけていた。

店主は、誰かの忘れ物だからと言って傘を持たせてくれた。

「エサは、果汁の多く含まれたジュースです。霧吹きで吹きかけてやってください」

最後まで、穏やかな表情を崩さなかった。

帰宅した男は、窓を開けて空を眺めていた。雨は衰えることを知らず、空にはどんよりとした雲がのっぺりと広がっていた。

——うーん、銀杏色の、この表現しがたい深い色合い。なんとも感慨深い雲だ——

しかし、押し入れから引っ張り出しておいた水槽を床に据え、袋の口をゆるめて雲を移し替えようとした、そのときだった。

「ああっ」

うっかり手元がくるい、雲がパッと飛び出してしまったのだ。突然の事態に、男はパニックに陥った。必死になって手でつかまえようとしたが、雲はスルリと通り抜けてしまう。

「そっちはだめだ」

男が叫ぶ声もむなしく、雲はまるで何かに導かれるかのようにして、窓からすうっと雨空に向かって飛んでいってしまった。放心状態の男をよそに、雲はぐんぐん高度を上げ、どんどん大きくなっていく。

店主は、先ほどの客のことを考えていた。読みかけの文庫に栞を挟み腰を上げると、少し開いた戸から顔をのぞかせ空を見上げた。

——音がしなくなったと思ったら、いつのまにか雨が上がってる。さっそく、もらわれていったあの子を思い出すことになったなぁ——

彼は、遠くわが子を思う親のような眼差しでしみじみといつまでも佇んでいた。

突然やんだ雨を不思議に感じながら、街行く人々は思い思いに天を仰いだ。

そこには、銀杏色の雲。そして、見事な光芒《こうぼう》。

優しさと希望に満ち溢れた色が、空を引き立て輝いている。その光は、夢幻三丁目の街並みをいっそう妖しく見せたらしい。

男は美しい光景にすっかり骨抜きにされてしまい、さっきまでの混乱も忘れて長いあいだ窓からうっとり空を眺めていた。

やがて我に返ったとき、男がなんとなく手元に目をやると、そこには銀杏色の繊維が絡みついていた。

彼がそっとそれを丸めて水槽に浮かべてやると、小さな小さなその雲は、たどたどしくも神々しい一条の光をつむいで見せた。

かぐや姫

昔あるところに、竹取のじいさんと、その妻のばあさんがいた。

ある日、ばあさんが家で炊事をしていると、じいさんが息をはずませ山から帰ってきた。

「ばあさんや、見てみぃ見てみぃ」

見ると、じいさんが腕に小さな赤子を抱えている。

「ありゃまあ。いったいその子はどうしたんですか」

ばあさんは目を丸くする。じいさん曰《いわ》く、

「光る竹の中から出てきたんじゃあ」

「なんとまあ。天からの授かりものじゃあなぁ」

子宝に恵まれなかったじいさんとばあさん。ともに手を摺《す》り合わせ、天に感謝。この赤子をかぐや姫と名付け、大事に大事に育てることとする。

かぐや姫は尋常ではない速さで成長した。じいさんとばあさんは、日に日に成長する我が子の様子を嬉しそうに見守った。

だが、成長するに従って、じいさんとばあさんの心に、ある心配事がちらつきはじめた。それというのもかぐや姫。とても人並とは言いがたい器量だったのである。

じいさんとばあさんにとっては目に入れても痛くないほど可愛い可愛い子。元気に育ってくれたらそれで幸せ。

しかし、娘の将来を思うとちょっとばかり胸が痛む。中身がよければ、それでよし。外見に寄ってくる男にろくなのはない。だが、婿《むこ》をもらうのに不利な要因は、そりゃあ少ないほうがいい。

実はかぐや姫。本当はいまで言う極上の美人なのだが、当時は見向きもされない不美人の部類。報われない姫。同情するよ。時流というのは、実に恐ろしいものである。

したがって、周囲の噂の的となるのは、せいぜいその出生の不思議だけであった。

一方、かぐや姫の家の隣家にも同じ年頃の娘がいた。こちらはかぐや姫とは違い、当時で言う、とびきりの美人。その美貌は情報伝達手段の未発達な時代にもかかわらず、広く知れ渡っていた。

だが隣家の娘。器量は一級品でも、中身のほうがよろしくなかった。先天的か後天的か、美人にありがちなわがまま体質。ちやほやされることになれた女。同性から見ると、まあ嫌なやつ。

しかし、異性から見るとこの上なく魅惑的な天女。つかず離れずの態度をとる美女。あしらわれる快感を一度覚えた男は、もう離れられない。娘の噂を聞きつけ遥々やってきた美男子たちは、次々に女の虜《とりこ》となっていった。

腹をすかせた犬のように、ついには時の帝《みかど》もふらふらと隣家にやってくるありさま。これにはさすがの娘も――いや、誰よりまずその両親が腰を抜かすほど驚いた。

しかし、それも最初だけ。娘はたいそう気ままなもので、帝までもその辺の男と何ら変わらぬ扱いよう。両親はすっかり狼狽《ろうばい》し何もできず、ただおろおろと経過を見守ることしかできなかった。

飼い殺しの帝たち。もう少しで娘に手が届くかもしれないのだ。ここで諦めたらすべてがパー。いそいそと、娘のもとへと出かけて行く。

ある満月の晩だった。きらびやかな衣装を身にまとったおかしな一団が、音もなく空からかぐや姫の家に降り立った。

たまたま用を足しに出ていたじいさんが、狭い我が庭できょろつく集団を見つけ出した。

「もしもし、見慣れぬお方がた。そこで何をしていらっしゃる」

豪華絢爛《けんらん》な服装を目にし、不審がりながらも自然と言葉が丁寧になる。

「時は来ました。ええ。かぐや姫を月に連れ帰る時が」

じいさんはこれを聞いて大慌て。

「なるほど、道理でかぐや姫がおかしなところから生まれたわけじゃ。しかし、なぜあの子の名前を知っておる。返答次第によりましては、かぐや姫をお渡しするわけにはいきませんな」

「かぐや姫は、どこへ行こうが、かぐや姫にございます。姫は月に帰る運命なのです」

「何を勝手な。ならん。断じて、ならん」

「我々としても手荒なまねはしたくありません」

「だめなものは、だめだ」

「わかりました。今日のところは引き取りましょう。しかし、いずれは姫に戻っていただかなくてはならないことを、お忘れなく。そうだ、一目だけ姫に会わせてもらえませんか」

月からの使者たちは、かぐや姫との接見を切望した。

そこで、じいさんはばあさんを呼び、成り行きを話して聞かせた。次にかぐや姫を呼び出し、同じことを言って聞かせた。かぐや姫は月への帰郷を激しく拒んだ。かぐや姫の嫌がる様子を見て、じいさんとばあさんも断じて娘を渡すものかと改めて決意を固めた。

しかし、相手は空から降り立ってきた連中だ。無下に追い返そうとして、おかしな力を使われてはかなわない。じいさんは今日のところは使者たちの要求を呑むことにして、かぐや姫を庭に連れ出した。

使者たちは、かぐや姫を一目見たその瞬間に表情を曇らせた。だが、すぐに元の顔に戻った。それは、努めて平静をよそおったという感じだった。相手の挙動に細心の注意を払っていたじいさんは、その表情の変化に気づいてしまった。

「これはこれは、お姫様。ご立派になられて……」

それより後が続かなかった。使者たちは笑顔で場を繋《つな》ごうとした。だが、どうもその笑顔がぎこちない。話が違うではないかという顔が見てとれる。

使者の一人がじいさんにそっと耳打ちする。

「本当にこの方が、かぐや姫ですか……?」

そうだと答える。

「そうですか、失礼しました……」

失礼極まりない。けしからん。じいさんは心の内で憤怒する。外見だけで人を判断しやがって。

使者たちは、また来ますと力なく言い残し、月へ向かって飛んで行った。

一週間ほどたった頃、また使者たちがやってきた。前回とは、どうも勢いが違っている。

「かぐや姫をお迎えにあがりました」

なんだか義務感だけで任務を遂行している感じ。まさに、セリフの棒読み。

「さあ、月へ」

まるで心がこもっていない。じいさんとばあさんは表で対応し、依然かたくなに拒むかぐや姫の意向を彼らに伝える。

だが、下手をすると本当に諦めて帰ってしまいそうな空気。じいさんとばあさんは妙な気持ちになってきた。かぐや姫を連れ去られるのは嫌なのだが、こいつらの態度も気に喰わぬ。

自分から言い出しておいて、なんなのだ。こいつらには、熱心さが欠けている。あまりに失礼だ。使者たちの不誠実にだんだん不信感を募らせ始める。

そんなのが、幾度も続いた。回を重ねるごとに使者たちのモチベーションも下がる一方だった。

そうしてある日、隣家の娘が垣根からひょっこり顔を出すこととなる。彼女は、隣でたくさんの男の声がするので様子を覗きに出たのだった。

隣家の娘を目にしたとたん、使者たちの目が輝きだした。一人が、叫ぶように言った。

「誰です、彼女は」

さっきまでの態度とはまるで違う。みなの表情が生き生きしている。誰かが言った。

「みなさん、ちょっといいでしょうか」

「どうしました」

「僭越《せんえつ》ながら意見を申し上げます。我らが姫様は、どうしても月へは帰りたくないようです。その気持ちの強さは、これまでの応対で嫌というほどわかりました。それを無理やりにでも月へ連れ帰ろうというのは、いかがなものでしょうか」

「ふむ。たしかに、姫様の意向を完全に無視しているといえる。ぜんぶ我々の都合だけの話だ」

「我々はなんと勝手だったか」

わいわい、がやがや。

「ご理解いただきありがとうございます。そこで、どうでしょう、こういうのは。つまり、姫様の代わりに、あの娘を月に連れ帰るというのは」

「なるほど、それはいい考えだ」

ほとんどが一斉に大きくうなずいた。中には拍手をする者さえいた。

じいさんとばあさんは、状況が呑めずにポカンと口を開けたまま。

「待ってください。確かにそれも一理ありますが、我々の姫は、やはりかぐや姫ただおひとり。それを差し置いて、他人を連れ帰ることなどできませんよ」

若くてまじめそうなのが言った。内心なぐり倒してやりたくなったが、正論なので誰も言い返せない。

「少し、検討が必要なようですね」

と、かろうじてまとめた者があり、一応この話は持ち帰って再検討ということになった。

一方的にその旨を伝えられたじいさんばあさん。どうすることもできず、帰っていく使者たちを呆然と見送った。奥に戻り、使者たちは今日も諦めて帰って行ったとかぐや姫に嘘をついた。

月の使者たちは、揃って会議を行った。月に帰っても、隣家の娘の美しさが誰の頭からも離れない。それればかりが頭にちらつき、かぐや姫の姿がどうにも思い出せない。かぐや姫は諦めて、隣家の娘を連れ帰ろうという意見が大多数を占めていた。

それでもまだ、義務に忠実な者は本物のかぐや姫の奪還にこだわった。そこで使者の一人が、ある日とうとう偽の報告をした。

「さきほど下界へ行ってきましたが、大変な事実が判明しました。実は、隣家の娘こそが、かぐや姫だったのです。我々がずっとかぐや姫だと思っていたほうは、ただの素人に他なりません」

それで、話の流れは一気に変わってしまった。

信憑性うんぬんではなかった。反対派の者たちも、どこかで事実がそうであったらと期待するところがあったのだ。それを機に、義務に忠実な者たちは隣家の娘を連れ帰ろうという動きに積極的に加わり、見事なリーダーシップを発揮し始めた。


一方で、かぐや姫。近頃まったく使者たちが来ないので、なんだか置いてけぼりをくらったような寂しい気持ちになっていた。夜な夜なじいさんとばあさんが話し合っているのを盗み聞きすると、どうやら彼らは隣家の娘を代わりに連れていこうと躍起《やっき》になっているらしい。それで、頻繁に隣家に通っているとのこと。

かぐや姫にもプライドはあるのだし、使者たちの浮ついた態度は気に入らない。せっかくここまで育ててくれたじいさんとばあさんにも、なんとなく申し訳が立たない気持ちになる。

そんなこんなで、ずっと頑固に月への帰郷を拒んでいたかぐや姫も、だんだんと気持ちが傾いてきた。そこまで言うなら月へ帰ってもいいのよと、会話の合間合間にほのめかすようになってきた。

しかし、もはや手遅れ。使者たちは、隣家の娘に首ったけ。鼻の下を伸ばしながら、月からの貢《みつ》ぎ物でどうにか故郷に連れ帰ろうとする。

隣の家での出来事だから、じいさんのところにも嫌でも様子が伝わってくる。見ていて、おもしろくない。今では、初めの勢いどこへやら。

「おい、おまえ」

と、じいさん。ばあさんを呼んで、かぐや姫を無理にでも使者たちに引き渡せないものかと密談を始める始末。これも愛情ゆえのことだった。隣家にやってきた使者をつかまえひそかに頼み込んでみたが、相手にしてはもらえない。

隣家の娘は、さんざん返事を渋ったのちに、とうとう月行きを決断するに至った。

地上の男どもにはもう飽きたわ。今度は月の世界で男たちを弄《もてあそ》んでやりましょう。

内心ではそう思っている。

娘がとうとう月へ連れていかれる日、帝たちは総力戦で使者たちを迎え撃った。しかし、月の不思議な力の前では刀も矢も、てんで威力をもたない。しまいには恥もプライドも捨て、見るも情けない泣き姿で宥《なだ》めたり賺《すか》したり、ついには土下座まで。だがこれも、一切が意味をなさぬ。

やがて隣家の娘は、名残惜しそうな演技をしながら億劫《おっくう》そうに雲にのっかると、使者たちとともに天に昇っていった。

この時かぐや姫はというと……、いや、こちらの気持ちはわざわざ言葉にする必要もあるまい。

わが娘のすね顔を横目で盗み見ながら、じいさんとばあさんは、いま頭を抱えている。

タナベくんの袋

学年が替わって最初に隣の席になったタナベくんは、なんだか変わってる。

授業中は水につけたクレヨンを眺めてばかりいるし、休み時間にはちびたチョークを転がして、曲がった角度を分度器で熱心に測ったりしている。

でも、時々見たこともないキラキラ光る虫を持ってきて、みんなにさわらせてくれたりする。ぼくが赤鉛筆をなくしたときには、最後まで一緒になって探してくれた。実はすごくいいやつなんだ。

そんなタナベくんは、不思議なものを持っている。それは、布でできた真白な袋。タナベくんの袋には、なんでも入ってしまうんだ。

タナベくんは、袋の中にぜんぶの教科書を入れている。朝学校に来ると、授業でつから教科書を袋の中から取り出して、帰りになるとぐじゃぐじゃ押し込みしまってる。

ほかにも、体操服や赤白帽、鍵盤ハーモニカみたいな大きなものまで、なんでもすっぽり入ってしまう。

移動教室のときには、ぼくの袋に入り切らなかった絵の具セットを、タナベくんは気前よく袋に入れて運んでくれたりする。見た目は破裂しそうなくらい膨れているのに、どうしてかいつも入ってしまうんだ。いったい、中はどうなっているのだろう。

一度そっと耳打ちし、袋を見せてと頼んだときは、三回勝負のじゃんけん対決を持ちかけられた。ぼくが勝ったら中身を見せてくれるという。でもぼくは、じゃんけんではいつもタナベくんに負けてばかりいる。給食の残りのデザートを賭けたじゃんけんでも、タナベくんには一度も勝ったことがないんだ。そのときも、ぼくはやっぱり負けてしまった。

あるとき、クラスのいじめっ子がタナベくんに目をつけた。

音楽のたて笛が自分より上手だったのが、気に入らなかったらしいんだ。いつもならネチネチと文句をつけるだけで満足するのに、このときは先生がタナベくんをとくべつ褒めたものだから、いけなかった。タナベくんは休み時間に呼び出され、プールの方に連れて行かれてしまった。

でも、ぼくが先生を呼ぼうかどうか迷っているうちに、タナベくんは口笛なんか吹きながら陽気に戻ってきた。それだけでもびっくりしたのに、タナベくんは、なんといじめっ子と肩を組んだりしてたんだ。何がどうなっているのだろう。ぼくは目を丸くするばかりだった。

いくら理由を聞いたって、タナベくんは笑ってばかりでちっとも答えてくれやしない。ぼくはすっかりちんぷんかんぷんで、授業になっても先生のお話はぜんぜん頭に入ってこない。

そのときふと、ぼくは机の横で何かが動いているのに気がついた。動いていたのはタナベくんの袋だった。算数のあいだ中、袋はもぞもぞ動いていて、そのうちだんだんおとなしくなった。ぼくはこっそりつついてみたけど、うんともすんともいわなかった。

そっちばっかり見ていたから、その日のノートは虫食いのようになってしまった。タナベくんにノートを写させてもらっているとき、袋のことを聞いてみたけど、やっぱり何も教えてくれなかった。不思議なことに、その日を境に、いじめっ子はすっかりいいやつに変わってしまった。

そんなタナベくんに、ぼくはひとつだけ不満をもっている。それは、学校が終わるとさっさと帰ってしまうこと。いくら遊びに誘っても、だめなんだ。

いちど、缶けりの最中に、たまたまぼくはタナベくんを見かけたことがあった。一緒に遊ぼうと思って走って追いかけたのに、角を曲がるとタナベくんはいなくなってしまっていた。ぼくはそのあたりの家の庭に入りこんで探してみたけど、タナベくんの姿はどこにも見あたらなかった。

それがきっかけで、ぼくはタナベくんの家に興味をもちはじめた。タナベくんは、いったいどこに住んでいるのだろう。どうやったら、遊びに行けるだろう。

ぼくは連絡網を引っぱりだして、タナベと書かれた番号に電話をかけてみた。でも、いくら待っても誰もでてきやしなかった。それで、お母さんに頼んで、電話番号からだいたいの住所を探してもらった。ぼくは、メモを片手にその近くをいっしょうけんめい探してみたけど、タナベくんの家を見つけることはできなかった。

ひょっとして、先生は家庭訪問をしたことがあるんじゃないかな。ぼくはそう考えて、先生に住所を聞いてみようかと思った。でも、なんだか怒られそうだったからやめておいた。タナベくんに聞いてみても、いつものように笑ってばかりでちっとも答えてくれやしなかった。

何も分からないまま、あっと言う間に毎日が過ぎていった。

その年の暮れ、クラスでクリスマスパーティーが開かれることになった。学級委員長が先生に提案して、みんなでやろうということになったんだ。

出し物をしようと誰かが言って、クラスの何人かで劇をすることになった。

ぼくは、タナベくんをサンタクロースの役にすいせんした。ほかに立候補がなかったので、サンタはタナベくんで決まった。

またたく間にクリスマスパーティーの日がやってきた。

教室は、折り紙でつくった輪っか飾りと、お花紙でつくった大きな花たちで、とてもにぎやかになった。

赤鼻のトナカイの歌をみんなで歌い、五百円以内で用意してきたプレゼントをみんなで交換したりした。とくべつに、先生がお菓子とジュースを買ってきてくれていて、おとなのまねをしてみんなで乾杯したりした。

いよいよ劇がはじまった。ふさふさの白いひげをつけ、赤い服に身をつつんだタナベくんは、急におとなになってしまったように見えた。タナベくんは緊張するようすもなく、とっても上手な演技をひろうした。

大きく伸びあがったり、ありんこみたいに縮こまったり。高い声でおどけたり、優しい声で笑ったり。みんなをとても楽しませた。

劇が終わりに近づいたとき、タナべくんはあの袋をとりだした。手を突っ込むと、とつぜん中からいろんな色の箱を取り出しはじめたんだ。

それは、タナべくんからのクリスマスプレゼントだった。タナべくんは、順番にみんなに配って回った。教室は大興奮の大さわぎだった。いつもなら怒る先生も、今日だけはにっこり笑っていた。

ついに、タナべくんがぼくのところにやってきた。袋を探るタナべくんを、ぼくはワクワクしながら見守った。

タナべくんは、黄色い紙でつつまれた箱を渡してくれた。中には、いろいろな動物の人形が入っていた。ぼくが、前からほしかったおもちゃだった。どうしてわかったのだろう。

それと、タナべくんの手にはもうひとつ、赤鉛筆がにぎられていた。それは、前にぼくがなくしたものだった。こんなところにあったなんて。タナべくんは申し訳なさそうに頭をかいた。

プレゼントをぜんぶ配り終わると、タナベくんは窓のほうへと近づいていった。そして、音も立てずに窓を開けた。そのとたん、雪のまじった冷たい風が入ってきた。

タナベくんは、いったい何をしようとしているんだろう。様子のおかしなタナベくんに、ぼくはなんだか急にさみしくなってきて、もらったおもちゃをぎゅっと抱きしめた。

そのとき、どこからか心地よい鈴の音が聞こえてきた。

すると、とつぜんタナベくんの袋が大きくふくらみはじめたんだ。みんなが声もださずにじっと見守る中、袋からぱっと何かが飛び出してきた。それは、ぼくよりもずっと大きな、りっぱなトナカイだった。

タナベくんは、ひらりとトナカイの背中にまたがった。そして、トナカイをあやつって教室を一周すばやく駆け抜けると、窓に向かって一直線に突き進んだ。

ぼくは、あっと息をのんだ。窓にぶつかる……。

でも、その心配は必要なかった。おかしなことに、窓のほうがぐにゃりと変化して、タナベくんたちはすっと外に飛び出していったんだ。

ぼくは慌てて追いかけて、窓から顔を出した。

窓の外は猛吹雪だった。こんな雪の日は、はじめてだった。遠くのほうに、大きなクリスマスツリーが何本も並んでいるのが見えて、ぼくの心はどきどきしはじめた。

タナベくんは雪にさえぎられて、もう遠い影のようになってしまっていた。大きな袋が、肩からぶら下がって揺れていた。

タナベくんは、こっちに向かって手を振っているように見えた。

それにこたえようと手をあげたとき、急に強い風が吹き込んできて、ぼくは反射的に窓をしめた。外で、鈴の音が遠ざかっていくのが聞こえた。

ぼくは、もう一度そっと隙間を開けて外をのぞいてみた。

でも、そこには見慣れた校庭の景色が広がっているだけで、タナベくんの姿は、もうどこにも見当たらなかったんだ。

星を探して

「早く星曜日にならないかなぁ……」

私は、同僚の何気ない言葉を聞き逃しはしなかった。

「いま、なんて言ったんだい？」

「いや、だから、早く星曜日になればいいなって……」

「せいようび？　せいようび、せいようび、静養日。あれ、休暇をとったんだっけ？」

「いいや」

「それじゃあ、せいようびっていうのはなんのことだい？」

私が尋ねたその瞬間、同僚のほうが何のことなんだろうとでも言いたげな表情になった。

「なにって、星曜日は星曜日だよ。他に説明のしようがないじゃないか」

「曜日って、月曜日とか、火曜日とかの？」

「もちろん」

同僚は涼しい顔で言ってのけた。どういう字を書くのかと訊くと、不審がりながらも教えてくれた。私は、どうも彼の言うことが呑みこめなかった。

「いつがその星曜日なんだい」

「日曜日の次じゃないか。月曜日とのあいだ」

はて。そんなところに、別の曜日なんかあっただろうか。

日、月、火、水、木、金、土、日。月……。

もう一度。

日、月、火……この時点で日曜日と月曜日のあいだに他の曜日なんてないじゃないか。

「ちょっと曜日を順番に言ってみてくれないか」

「日、星、月、火、水、木、金、土、日……」

「もう一回」

「日、星、月……」

「そのセイってのは、なんだい?」

「星曜日さ」

なぜだかは分からないが、どうやら、彼は日曜日と月曜日のあいだに本気で曜日が存在するとでも思っているらしかった。

「ほら」

私は、同僚の目の前に手帳のカレンダーを掲げてみせた。

「日曜日の次は月曜日。ここにそう書いてあるだろう、ちゃんと」

子供を諭《さと》すようにそう言った。しかし、同僚の反応は予想外のものだった。

「まさか、何かの間違いだろう。ほら」

同僚が、懐から手帳を取り出す。そこには、たしかに日曜日の次に「星」と金色で印刷された欄があったのだった。

狐《きつね》につままれたようだとは、このことだった。何と言えばよいのか返答に困って手帳を眺めているうちに、やがて私は、「星」の欄には日付が書かれていないことに気がついた。

「どうして日付がないんだい？」

「一年で三六五日の計算が合わなくなっちゃうじゃないか」

変なところで理屈が通っているなぁ。それにしても、このままでは埒《らち》があかない。こんなおかしなことを言うやつじゃないと思っていたのに。

そう思った矢先、同僚が言った。

「今日のきみは、どこかおかしいよ」

これは違う視点からアプローチしたほうがよさそうだ。そのうち、ぼろが出るに違いない。

「なら、星曜日ってのはどういう日なんだい。なんとなく特別な日のような印象を受けるけど。楽しみというからには、少なくとも仕事は休みのようだ」

「星曜日のことを、今さらわざわざ説明することになるとはね。まあ、いいけど」

知ってのとおり、いや、きみは知らないんだったな、と同僚は、夢見るような目つきで語りはじめた。

カーテンレールが小気味よい音を上げると、刺激的な太陽光とは違った、しみじみとした奥行きある光が、ふわりふわりと牡丹《ぼたん》雪のように部屋の中に舞い降りてくる。その瞬間、ああ今日は星曜日だったなと思い出す。そうして次に、心が軽やかに躍りだす。もちろんそれは、星曜日に対するごく自然な反応だ。

星曜日は一日中、夜みたいに黒をベースにした空なのに、電燈の明かりは必要ない。なにしろ星の潤みが尋常じゃないからね。

人家もない山奥で眺める星の光。その何十倍もの輝きをもって、黄色の絵の具だけで延々と描きつづけた点描画のような世界が広がっている。まるで宇宙空間にでも飛び出したかのような雄大さで、それでいて深く優しい母性に包まれているかのような包容力《ほうようりょく》。心は霧雨のようなしとやかさで、穏やかに波打っている。

月は出ていない。たぶん、あっても邪魔なだけだろう。

外に出ても誰もいやしない。だからといって人恋しくなって寂しい思いをするなんてことは、まるっきりない。煩わしい人づきあい、それに日常の雑多なことから解放されて、存分に羽を伸ばすことができるんだ。

同じ休みの日だといっても、日曜日なんかとは比較にならない。日曜日から貧乏くささを取り去ることができても、星曜日には到底及ばないだろうなぁ。

星座を眺める。スピカの白が頂点をなす春の大三角形。赤のアンタレスが紡ぐさそり座。ペガススにアンドロメダ。ひときわ輝くシリウスに、冬の王様オリオン座。春夏秋冬の、あらゆる星座が共存している。空全面が天の川が洪水を起こしたように明るいのに、見たいと思った星が自然と浮かんでくる。

北斗七星はどこにあるだろう。南斗六星はどこにあるだろう。

目を凝らさなくても思い描いた星座がすぅっと眼前に現れる。六等星にも華がある。今日はどれを見ようか。迷うときは、ぼんやり空を眺めてさえいればいい。星同士が勝手に光の線を結んで、見たことも聞いたこともない、自分だけの星座が現れる。

ただ星がそれとなく散らばっているだけのようなのに、なぜだかセンチメンタルな気持ちになってくる、初恋座。桃源郷の在り処《か》を示す、桃座。ト音記号座の奏でるメロディーラインはすばらしく、その真ん中の幻惑の渦に思わず巻かれてしまいそうになる。本の形の物語座をじっと見つめていると、次々にページがめくられていく。ロマンチックでスリリングなストーリーが次々にあふれだす。

その千変万化は、見飽きることのない万物の流転だ。

あっと言う間に時間は過ぎ去り、そのまま星空に抱かれながら眠りにつく。ほかの日じゃ味わえないような、優しい夢を見る——。

とまあ、こんな感じかなぁ。


同僚は話し終わってからも、まだ夢路を彷徨《さまよ》っているような目つきだった。羨望《せんぼう》の眼差しをそそいでいる自分に気がつき、私ははっと我に返った。

「そこまで言うなら、教えてくれ、どうやって行くのかを」

私は一歩足を踏み出して、問い詰めるように尋ねた。

「そんなこと言われても、はじめから自然とこうなってるんだから説明の仕様がないよ。きみは右利きのようだが、それならどうして右利きなのか、教えてくれよ。いくら訊かれても、物心ついてからずっとそうだとしか言いようがないだろ？　それと同じようなことを、きみは言ってるんだぜ」

そのとき、同僚は思いついたように「あっ」と声をあげた。

「もしかして、きみは星曜日の権利を奪われてしまったんじゃないかなぁ。それで星曜日に行けなくなった」

「星曜日に権利なんてあるのかい？」

「今更なにを言ってるんだ。どの曜日にも権利ってものがあるじゃないか。今日が何曜日か分からない。そういうことが増えたなら、なにかまずいことをして権利を剥奪されかけている予兆じゃないか」

たしかに、なんとなく毎日をこなしているだけのときは曜日を忘れてしまうことがある。有効に時間を利用しないやつは、曜日がひとつくらい減っても困らないだろうということか。

そういえば、学生時代に授業をサボって家でゴロゴロしてばかりの時期があった。そのときに私の星曜日は消されてしまったのだろうか。

「なくなって良さが分かることってあるだろう？　実際に星曜日の権利を失ってみるとあまりにショックだったので、それに関する記憶が一切なくなってしまった。それで、星曜日のことを何も覚えていないんだな、きっと」

だが、権利がなくなると、カレンダーから表記も消えてしまうものなのだろうか。

「それなら、どうやったら権利を取り戻せるんだろう……」

「さあ、おれは剥奪されたことはないから分からないなぁ」

それで、この話題に終止符が打たれた。

一人になってから、私は星曜日に思いを馳《は》せた。そんなすばらしいところへ毎週いくことができるなんて夢のようだ。いや、いっそ夢の中の話でもいい。一度でいいから、そんな素敵な夢を見てみたいものだ。

私は覚めぬ幻想を抱いたまま数日間を過ごし、やがていつもと変わらぬ味気ない月曜日の朝を迎えた。カーテンを開けると、太陽光が目を射抜いた。お前には無理だ。そう宣告するかのような強い光だった。

次の日曜日の夜も儚《はかな》い期待を抱いたまま眠りについた。が、その期待は鮮やかに切り捨てられた。

何週間か同じことが繰り返された。私は、彼の言っていたことを思い返してみた。その月もとんだ邪魔者扱いだったが、日曜日なんて、ひどい言われようだったなぁ。その日曜日を安息の地としている私の立場はいったいどうなるというのだろうか。

しかし、日曜日とは比較にならない、そう言い切った同僚の顔は、明らかに誇張を含んだときのそれではなかった。事実を、ありのままに述べているだけなのだろう。

羨《うらや》ましいなぁ。日曜日も夜になると、こっちは月曜日がやってくるという憂鬱《ゆううつ》に駆られるというのに、その間あいつは星曜日などというふざけた日をもっていて、おとぎの国で遊んでいるのか。その権利をいったい何人がもっているのかは定かでないが、そいつらの独り占めは許されるべきではない。

とはいうものの、依然として具体的にどうすれば星曜日にいくことができるのか、それが分からない。地団駄を踏む思いだ。

私は、壁掛けカレンダーを購入して毎日印をつけてみることにした。今日が何日で、何曜日なのか。その把握を毎日きちんとすることが、星曜日への足掛かりとなるかもしれないと思ったからだった。

一日が終わるごとに、カレンダーに赤でバツをつけていく習慣をつけた。それでも、やはり星曜日に出くわすことはなかった。羨ましさは、やがて妬《ねた》ましさに変わっていった。

しばらく経ったある日曜日、自宅で暇をつぶしていると、電話がかかってきた。あの同僚からだった。

「さっき星曜日の永住権がとれたよ。さっそく明日から移住することになってね。以前から申請していたのが、ようやく通った」

特定の曜日に住むなんて、そんなことができるのだろうか。そもそも仕事はどうするんだろう。訊きたいことは諸々あるが、なんにしろ、フェアじゃないなぁ。

「それで、さよならの挨拶を兼ねて今から一杯どうだい」

私はあまり気乗りしなかったので断ったが、どうしてもというしつこい彼の言葉に押されて渋々出かけていくことになった。

人の気も知らないで、同僚は今日はとても気分がいいとか言ってどんどん酒の量を増やしていった。私はちびちび口に含んで舌の上で転がすだけ。

そのうち同僚は、飲みすぎたのか、うとうとしはじめ、ついにいびきをかいて眠りはじめてしまった。

「ほら、もう帰るぞ」

私がそう言って、彼の手を取ろうとした、その瞬間だった。驚くべきことが目の前で起こったのだ。なんと、彼が突然ぱっと消えてしまったのだった。私はなにが起こったのか信じられず、何度もまばたきを繰り返した。だが、彼が再び姿を取り戻すことはなかった。

私はあっと思い時計を見た。針は二十四時を指していた。同僚は星曜日に行ってしまったのか。

残されたのは空になった盃《さかずき》だけ。割り勘の予定が、全額飲み代を払うはめになってしまった。

私は、中途半端な気持ちのまま家に帰り着いた。彼は、本当に星曜日に移住してしまったのだろうか。そうだとしたら、妬ましいことこの上ない。

ふと、壁のカレンダーが目に入った。最近、印をつけるのがおろそかになっていた。

私はぎゅっと腹に力をこめ、覚悟を決めた。


それから私は、一日も欠かすことなく印をつけつづけた。

これだけでは事足りないだろうと、各種文献にも当たってみることにした。近くの図書館に行き、「星」と名のついた書籍はすべて読みつくした。そういう名前の作家の小説も読みあさった。しかし、どこにも星曜日に関する記述は見当たらなかった。

「星」とつくからには、天文学が絡んでいるのかもしれない。そういえば、あいつも星座について語っていたなぁ。

友人の友人の、そのまた友人をたどって、天文学者をしているという人物と話をすることができた。

「すべての星座が見えるですって？　そんな現象が起こるわけがないでしょう」

これ以上訊くと変人扱いされ、わざわざ紹介してくれた友人たちの顔をつぶしてしまうことになりかねない。なんの収穫もないまま引き下がるしかなかった。

ある日、課長と飲みに行った機会に訊いてみた。

「課長、星曜日をご存知ですか」

「せいようび？　なんだ、休みが欲しいのか？」

やはり、知らないらしい。そんなものは存在しないと結論付けてしまったほうが、正常だといえる。彼の失踪《しっそう》も、課長たちはあまり気にかけていないようだ。だが、現に同僚は私の見ている前で消えたのだ。このまま謎を残したまま手を引くのも、煮え切らない。

課長の顔をぼんやり見つめながら、同僚の言葉が私の頭をよぎる。

見たことも聞いたこともない、自分だけの星座が現れる、かぁ。

そうすると、もしかして課長座なんていうのもあるのかもしれない。課長の顔の形になって浮かんでくる星座だ。中年のおじさんの、くたびれたいい味を出しているに違いない。見てみたいものだ、いや、なんとしても見てやろうではないか。

日曜日の欄にバツマークをつけると、次の日は毎回決まって月曜日に印をつける。この状況は、少しも進展を見せることなくつづいた。だが、あきらめの混じった溜め息が胸の内からこみあげてくるときも、口をぎゅっとしめ、すんでのところでこらえつづけた。

それからどれくらいの月日がたったろう。私は自分に課した習慣を、一日も欠かすことなくずっとつづけてきた。愚痴も文句も、一切こぼさなかった。

それでも、日曜日と月曜日の境界線のはざまに滑り込むことは、ついにできなかった。

また日曜日がきた。

日曜日か。こんなもの、どうせ月曜日に圧迫された、せせこましい日でしかないのだ。

久しぶりに、一日をぼんやりして過ごした。いつもいつも、暇さえあれば星曜日のことばかり考えてきた。休みになれば、星と名のついたあらゆるものを求め歩き、星とゆかりのあるあらゆる地を訪れてきた。

広がった妄想は、もはや回収できないほどになっていた。自分の中で創り上げた像だけで、星曜日のすべてを説明することができそうだった。しかし、それは虚しさを際立たせる因子でしかなかった。

私は、夕闇の迫る時間になると思い切り酒が飲みたくなってきた。前に同僚と飲んだ居酒屋に行ってみようと思った。もうこれっきりで、儚い夢は酔いの混沌《こんとん》の中に押し沈めて忘れてしまおうと決めたのだった。

やけになって飲みすぎたらしく、ふらふらしながら店の主人に無理やりタクシーに乗せられた。夢は忘れるどころか、ごちゃまぜの頭の中にあっても微動だにせず、ますます冴えわたった。

自宅に帰ってからもひとりで酒をあおった。さっきまではほんの一隅を占めていたにすぎない妄想は、押さえても押さえても隙間からあふれ出てきては私を蝕《むしば》んでいった。それにともない、私は意識が遠のいていくのを感じた——。

ぱっと目が覚めるとベッドの中だった。いつの間にか眠っていたらしい。いったい今は何時だろう。時計を見る前に、カーテンのほうにちらりと目をやった。

私は、いっぺんに目が覚めた。

カーテンの隙間から、一条の光がちらちら舞い降りていた。牡丹雪のようだなと、瞬間的に思った。

その光で壁のカレンダーを見ることができた。そこには、ひときわ輝く一角が、たしかにあった。

私はなおも信じられず、毛布を撥《は》ねのけ、急いでカバンから手帳を取り出しめくってみた。

はっきりと、まばゆいばかりの金色に輝く日付のない一列があった。

カーテンを開けると、課長座が擦り切れた笑顔で微笑んでいた。

ネギシマ

ナガシマのことを知りたいって？

いや、そりゃ仲は良いけど。どうしてまた急に。

麻雀で一緒になる。なるほどね。それなら、事前情報でなるべく驚きを減らしておいたほうがいいだろうね。どうせ、夜どおしなんだろ。あれを知らずに目撃したら、肝をつぶすことになるだろうからなぁ。

その前に、ナガシマの人となりを簡単に。

彼の実家はちょっと変わってて。

お父さんがお坊さん。つまり、彼はお寺のせがれなんだよ。その影響もあってのことか、あいつはほんとにいいやつで。

母性をくすぐりそうな甘い笑顔に、誰とでも仲良くできる温和な性格。行動力に長《た》けていて、目の前の人を喜ばせるためならどんな苦労だっていとわない。

それから、彼の素直さも見習うべきところがある。

「あの人、ほんとにすごいわ。いやぁ、すごい人だらけだよ、うちの会社は」

心の底からそう言えるのは、彼の大きな美徳のひとつ。

でも、ときどき彼の素直さは、見ていて少し心配になることもあって。呑みこみが早すぎるがゆえに、妙なことに巻き込まれることも多いんだ。

これから話すこともちょっとふつうじゃ信じがたいけど、素直さゆえと思って、最後まで聞いてほしい。

その事実を知ったのは、ある朝のことだった。

用事があって早めに出勤したおれは、徹夜明けでふらふらになったナガシマと廊下で遭遇することになった。そのときだよ、あれを目撃したのは。

シルエットで、歩いてくるのがナガシマだってことはすぐに分かった。でも次の瞬間、おれは自分の目を疑っていた。近づいてくるにつれて、彼のあごのあたりから何かがびっしりぶらさがっているのが見えたんだ。

びっくりしたよ。だけど初めの驚きが去ってしまうと、おれはすぐにこう考えた。

たぶんナガシマは、余興か何かの練習を徹夜でしてたんだろうって。彼はよく、ひげが濃いのをネタにしてたから、それを強調した芸のようなものを仕込んでいたんだろうと思ったんだ。

おれはすぐさま、その様子を想像した。

後ろを向いて、大げさなあごひげをつけて、振り返って、

「ひと晩でこんなになっちゃいまして」

うーん、場の空気感しだいといった出来かなぁと、一人でにやにやしてたんだ。

でも、ナガシマとの距離が縮まってくるにつれて、その余裕は消え去った。彼のあごに生えそろった細長いそれは、まるで本物のねぎのように見えたものだから、ぶっとび過ぎて笑えなくなった。

「おお、たまちゃんか……」

そんなだから、彼がこちらに気づいても、おれは薄い反応しか返すことができなかった。なんてったって、緑色をした万能ねぎのようなものをあごにつけた男が、近づいてくるんだから。

「たまちゃん、どした?」

ナガシマは不審げに尋ねてきた。どうしたも何も、きみのあごこそ、いったいどうした。

呆気にとられたおれは、絞り出すようにぼそぼそと声をだすので精一杯だった。

「それ……」

おれは彼のあごを指す。

「ああ、これね。今日はこれから収穫なんだ。ずっと会社に残ってたから、刈り取るヒマがなくってさ」

ナガシマは、平然とそう言ってのけた。

「刈り取るって、何を？」

「ねぎを」

「ねぎって？」

「これだよ」

「……ごめん、ぜんぜん状況が読めないわ」

おれはすぐに音をあげた。

「あれ、たまちゃんにはまだ話してなかったっけ」

おれは大きくうなずいた。

「おれ、あごからねぎが生えるんだ」

突飛すぎて、理解に苦しんだよ。

「ほんものの……？」

「そう、ほんものの」

「いつから」

「気づいたときから」

「どうして」

「さあ」

「なんでねぎなの」

「さあ」

ふわふわした会話をつなぎ合わせながら、おれは情報をまとめていった。

ナガシマの言い分は、こうだった。

あるとき気がつくと、あごからねぎが生えるようになっていた。ねぎは深夜に生えはじめ、明けがた近くまで、抜いても抜いても大量に生えてくる。初めは不思議に感じたが、生えるものは仕方がない。それならそうと、せっかくなので収穫しよう……。おいおい、もっといろいろ考えようぜ。素直さにも、ほどがあるじゃない。

「で、今日もこれから、バインダーで収穫ってわけ」

そう言って、彼は電動ひげそりを取りだした。それは、バインダーとは呼ばないんだよ。

「収穫して、どうするの?」

食べやしないだろうな。

「農協に出荷して、残りの分は直売所に送ってる」

おれはめまいを感じたよ。もう、彼の論理に任せてしまおうと心に決めた。

「それ、売れてるの?」

「なかなかね。生産者の顔が分かるからって、評判がいいみたいなんだ。今ではちょっとした副業だね」

客たちも、まさか本当にその顔から収穫してるとは思ってもいないだろうなぁ。

「ごめん、そろそろ出荷しないと、朝市に間に合わないから」

ナガシマは、そう言って、いそいそとドアの向こうに消えていった。その日のおれは、一日中ねぎのことばかりが頭を占めていて、仕事もまったく手につかなかった。

それ以来、おれはナガシマからどうにも目が離せなくなってしまった。

そして、彼を観察するうちに、ナガシマの行動には不審なところが多々あることが分かってきた。

あるときは、デスクでひげ抜き片手に鏡とにらみ合っていた。おれはすかさず尋ねてみる。

「雑草を抜いててね」

ナガシマは、そう言って手に持ったひげ抜きを差しだした。よく見ると、ひげ抜きの先に何かがついている。どう見ても、ただのひげにしか見えなかった。

「いいねぎを作るには、雑草に栄養をとられないようにしないといけないからね」

そう言っている最中も、彼は一本一本、鏡を見ながら丁寧に雑草とやらを抜いていく。なにも、デスクでしなくてもいいのになぁ。

昼休みになると、ナガシマは決まって何かを肌に塗っているのに気がついた。ローションで、乾燥肌対策でもしてるのだろうか。

「害虫よけの薬だよ」

「そんなもの肌に塗っても大丈夫なの？」

「天然成分100パーセントだからね」

納得したような、しないような。

「そっちは化粧水？」

「いや、液体肥料」

ですよねぇ。

またあるときは、あごにケガをしてたので、どうしたのかと聞いてみた。

「畑を獣に食い荒らされてしまってね。そのときにやられたんだよ」

彼はいくぶんか腹立たしげにそう言った。

おれは考える。かかしでも立てたらどうだろう、なんて、アドバイスをしたほうがいいのだろうか。あるいは、有刺鉄線でも張りめぐらせるとか。しかし、ふつうの動物は、あまりねぎを好まないはずなんだけどなぁ。

「最近は自然が少なくなってエサも減ってきてるから、畑にまで動物が下りてきてほんと困るんだ。心ない森林伐採、そしてそれによる温暖化。人間はもっと、いろいろと考えてみるべきだと思うよ」

ずいぶんと壮大な話になってきた。

それにしても、その動物というのは、いったいどこからやってくるんだろう。

おれは、ナガシマの髪の毛に目線をやった。自然とは、これのことを言っているのかな。

いったんそう仮定して、おれは考えを広げていく。

もしそうだとすれば、自然が少なくなっているとは、坊主頭が増えているということだろうか。昔に比べて、たしかに最近はそういう人が多くなってきてる。でも、あれはオシャレというもので。しかも、それを言うならお寺づとめのお父さんの罪も軽くはないよ。

と、そのとき、ナガシマの髪の毛が、がさがさと揺れたような感じがした。つづいて、キーッと何かが鳴く声。髪は茂みのように揺れ動く。不意に、小さなヒヒのような生き物が、そこから顔を出して引っ込んだ。ねぎを食い荒らしているのは、こいつなのだろうか。いずれにしても、啞然としたよ。もはや、質問する気も失せていた。

ほかにも、小さなおじいさんとおばあさんがあごに立ち、ナガシマの肌にクワを入れているところを目撃したこともあった。この人たちは、何をやっているんだろう。

土壌づくりとでも言うつもりだろうか。そもそも、この人たちは誰なんだ。いろいろな疑問があふれてくるが、素直に状況を受け入れるほうが楽になれると判断したよ。

夕陽が沈むころ、小さな老夫婦は髪の奥へと消えていった。それを見て、まさか、あの奥に誰かの実家がありゃしないだろうなと、奇抜な心配が頭をよぎる。

「実家から送られてきて」

なんて言って、お裾分けしてもらったねぎが、実はナガシマのあごで取れたものであったとなっては、たまったものじゃないからね。まだ誰からも貰ってないからいいものの。

そういえば、突然ライターを取り出して、あごを炙りはじめたこともあったなぁ。焼畑だとか何とか言って。

……とまあ、挙げていったらキリがない。

もう、あいつのことで何が起きても驚かないよ。

そういうわけで、麻雀あけのナガシマは、あごに豊かなねぎをそよがせているはずだから、くれぐれも驚かないようにね。麻雀が長引いたりして刈り取られないまま放っておかれると、時々ねぎは、ねぎの花——ねぎ坊主を咲かせることもある。これがなかなか可愛いくって。

まあ、初めはそうとう奇妙な光景だろうけど、慣れるとそんなに気にならない。もっとも、よかれと思ってねぎを分けようとしてくるのだけは、未だに困ってしまうけど。

なに？　どうして生えてくるのはねぎばかりなのかって？

そんなこと、おれに聞かれてもなぁ。生えるものは仕方がない。世の中には理屈じゃ割り切れないものもたくさんあるじゃないか。そういうことだよ。

でも、個人的にはなんだか妙に納得してるところもあって。

ほら、ナガシマの実家はお寺だって言っただろ。

ねぎとナガシマ。

あるいは、放っておくと、どちらも坊主になるかもしれない。

岬守り

幼いころに祖母が枕もとで話してくれた物語というのは、いくつになっても妙に頭に残っているもので、今でも時折こうして思い出すことがある。

祖母の話は、いつも同じ描写ではじまった。幼い私にはまだまだ理解できない言葉もたくさん含まれていたが、祖母の語調がイメージをめぐらすのを手伝ってくれた。

「切り立つ断崖に、放り出されたようにちょんと置かれた一軒の小屋がありました。小屋はいつでも強い海風にさらされていて小刻みに震えています。風は海面を巻き上げ、高く荒い波がいたるところで吹きあがり、押し寄せた波は順々に崖下を這い上がってきます」

幼子なら迫りくる波を想像して縮みあがるかもしれない。けれど私は、恐怖感は微《み》塵《じん》も感じなかった。それもこれも全部、祖母の語り口によるものだったんだなぁと、今になってつくづく思う。早くに夫をなくして一家を切り盛りしてきた祖母は、芯は強いがとても優しい人だった。

「小屋のすぐ後方は、稲穂色の植物たちが群生しています。海風の立てる波は陸地に上がると色を変え、絶えることなくさぁっと続いていきます。

うねる波が朝陽を反射します。赤く青く、景色は移ろいます。

銀髪をなびかせて、ひとりの老人が椅子に腰掛けていました。遠くを眩《まぶ》しそうに眺めています。老人は、ここで岬守《みさきも》りをしているのです。

朝顔よりも早く起き、とっぷり陽が暮れてしまうまで、身じろぎひとつしないで海を眺める。

老人の日課は、それ以上でもそれ以下でもありませんでした。たとえ目の前で船が座礁《ざしょう》しようとも、老人にはどうすることもできないでしょう。ただただ岬の平和を祈り、見守ること。それ以上でも以下でもありませんでした。そんな自分を顧《かえり》みて、老人は時に歯がゆい思いをするのでした。

老人には、待ち人がいました。その人が来るまでのあいだは、ずっとひとりきりなのです。老人は寂しさを押し殺して、同じ日々を繰り返します。

砕けても砕けても、波は天を目指して伸びあがります。

ある時、水平線の向こうから一艘《そう》の小舟が近づいてくるのが見えました。老人が双眼鏡をのぞきこむと、そこには待ち人が乗り合わせています。老人は大声で手を振りかけ、慌ててそれをやめました。気がついてもらえないかもしれないという気持ちからではありません。急いで呼ぶこともない。そう考えてのことでした。

荒波は小舟を揺らします。数人を乗せ心もとなく揺れる舟は、行ったり来たりしながらやがて波間に呑みこまれるようにしてどこかに行ってしまいました。

老人は陽が落ちてから寝るまでの間、海鳴りを聴きながら部屋の奥の扉を眺めて過ごします。彼は、その扉が開く日を心待ちにしていました。待ち人は、きっとそこから現れるに違いないと思っていたからです。

不意に、扉が開いたような気がしました。しかし、それは夢でした。老人は明かりを消し、とぼとぼとベッドに入るのでした。

風が強すぎるためか海鳥すら寄ってこないこの崖の上にも、とうとう一羽の鳥がやってくる日がきました。ある朝老人が外に出てみると、ウミネコが怪我をしてぐったり倒れていたのです。老人はウミネコを抱えあげ、懸命に看病しました。

その甲斐あってか、ウミネコはやがて元気に小屋の中を飛び回れるまでに回復しました。いよいよ自然に返してやろうという日、老人はあることを思い立ちました。すぐに紙とペンを用意します。小屋には大概のものはそろっていたのでした。

老人は、手紙を書きました。もちろん、それは待ち人に向けてのものです。老人は、小屋での生活のこと、そちらは元気に過ごしているかということ、会いたいがまだ来なくてもよいということ。その場で思いつく限りのことを手紙にこめました。それを、ウミネコの足に結びつけ、大空へ解き放ったのです。手紙がぶじ届く保証なんて、どこにもありません。ですが、きっとうまくいく。そういう確信があったのでした。

そして手紙は、とうとう待ち人の元に届けられることとなりました。

その人はウミネコの足に返事を結びつけ、老人の元に手紙を送りました。それからというもの、二人はこの不思議な文通を長いあいだ続けましたとさ。めでたし、めでたし」

祖母の話は、いつも何がどうめでたいのか分からないところで終わった。そして、物語の続き、老人のその後は、祖母に催促するたびに少しずつ継ぎ足されていったのだった。ほかの昔話とは違うその珍妙さも、この話が私の記憶に残ったひとつの大きな要因だと思う。

さて、月日は流れ、私は祖母が亡くなった日に世にも不思議な体験をすることになる。

悲しみのあふれかえった客間を離れ、私は広い家の中をぶらついていた。それもやはり、退屈というよりは悲しみを紛らわすためのものだった。

二階への階段をのぼっているとき、何かの影が廊下を横切るのを目にした。

冷たい汗が一気に噴き流れた。こんな日に、よりにもよってと怖くなった。

いや、こんな日だからこそたとえ幽霊だとしても大丈夫だろうと、瞬時に私は判断した。祖母の影であることを願いながら、そっとあとを追った。

振り返ることなく、影は廊下の突き当たりにある扉の前まで進んでピタリと止まった。ふと、こんなところに扉なんてあったかなと思った。長年訪れていなかったので、記憶から抜け落ちた扉なのだろうと解釈した。

扉は、音もなく開いてすぐに閉まった。気がつけば、影は扉とともに消えていた。遠くに海鳴りを聴いた気がした。なぜだか潮の香りがした。

私は、平常心を装って祖母の横たわる客間に戻った。

しばらくたって祖母の形見分けを行っている最中に、両親の話し声が聞こえてきた。どこかの抽斗《ひきだし》から手紙の束が出てきたらしい。両親は、差出人の名前を見てとても奇妙がっていた。とっくの昔に亡くなったはずの祖父の名前が筆跡通りに記されているというのだった。

まさかそんなわけがあるまいと思いながら、私は祖母の物語を思い出していた。あれは、祖父のことを語った物語だったのだろうか。あの岬守りの老人は、祖父なのか。手紙といってもいったいどこからどうやって。頭が、こんがらがってきた。

そんな私を、ますます混乱させる出来事が起こった。祖母から、私に宛てた手紙が届いたのだ。手紙を運んできたウミネコは、予想以上に人なつっこかった。

懐かしい語り口で記された文章を読み進めると、最後に一言、こう添えてあった。

——これからは二人でこの岬に立ち、あなたたちを見守っています。

ますます謎は深まるばかりだったが、考えることはもうやめた。

どこかにある岬から、手紙が届いた。それでいいじゃないか。

そのうち私は、祖母が亡くなってからのこちらの近況なんかを書いてウミネコに渡そうと思っている。せっかくだから、ウミネコの名前も決めないと。

ああそれと。

いつか波に揺られる舟の上で、切り立つ断崖に二人の姿を見かけるようなことがあったなら、大きく手を振って応えてあげようと思っている。元気な姿を一目見るだけで、少しは安心するだろうから。

白石

飲み会の帰り。居酒屋の出入口付近は、酒の勢いもあって妙に賑《にぎ》やかになる。私の場合も例外ではなく、その日、普段親しくしている同僚や部下たちと一杯やったあとに店の前でしばしたむろしていた。時折大声で叫ぶやつがいて、通行人は迷惑そうな顔をして通り過ぎていく。

ふと、私は部下のひとりの姿が見えないことに気がついた。そいつは、白石《しらいし》という部下だ。仕事の要領は決して良いとはいえないものの、普段から明るいやつで、みなが彼のことを好いている。今日の酒宴でも、盛り上げるためにと自ら酒のコールを煽《あお》り、一気飲みをする役を買って出ていた。

それで、私はてっきり酔いつぶれでもしたのかと思い、確認のため店内に戻った。しかし、さっきまで使っていた座敷の部屋に彼の姿はなかった。

それならばと、手洗いの中も覗いてみた。胃の中のものを戻してそこでぐったりしているのではないかと思ったからだ。だが、そこにも白石の影はなかった。

私は少々不安になって、みなが集まっている店の出入口周辺を探ってみた。

「白石ぃ、白石ぃ」

迷惑にならないようにと声を抑え気味に、名前を呼んでみた。が、返事はかえってこない。先に帰ってしまったのかなと思い、携帯電話に連絡を入れてみた。呼び出し音はするものの、どうしてだか電話に出ない。不安はますます強くなっていき、私は迷惑を顧みず、今度は大声で彼の名を呼んだ。

「白石ぃぃぃ、白石ぃぃぃ」

その時、私はポンと肩を叩かれた。はっとして振り返ってみると、知らない人が私の肩に手を乗せている。

しばらく沈黙が流れた末、私の方から切り出した。

「なんですか、私になにか用でも？」

こんな時間だ。向こうもだいぶ酒が入っている可能性がある。酔っ払いの喧嘩に巻き込まれるかもしれない。それだけは勘弁だ。少しでもおかしな素振りを見せた瞬間に、わぁと叫んで逃げ出してやろう。

そう思い、私は緊張して相手の様子を探った。すると、相手の男が口を開いた。

「やだなぁ、なんの冗談ですか。さっきからぼくの名前を呼んでるから来たんじゃないですか」

私は、相手の言っている意味がよく分からなかった。

「なんの話ですか？」

「またまた、そんなこと言って。ぼくをおちょくっているんでしょう」

まったく理解しがたい状況だ。この男は誰なんだ。

「あなたの名前など、呼んだ覚えはないですが」

私は困惑気味に答える。

「あれぇ、それじゃあぼくの空耳かなぁ。さっきから白石、白石って聞こえるものだから、てっきり」

「あ、白石という名前ならたしかに私が呼んでいたが……」

「やっぱりそうじゃないですか。自分で呼んでおいて忘れるなんて、ずいぶんと酔いが回っているんじゃないですか？　大丈夫ですか」

私の頭は半ばパニックに陥った。

とんでもないことを言い出すやつが現れた。この男の、どこが白石なのだ。とそこまで思ってから、ああそうかと納得した。この男、苗字が同じなので白石と呼ばれて思わず反応してしまったに違いない。自分と同じ名前や似た名前を雑踏で聞くと、呼ばれているのは自分でないと分かっていても、ついつい身体が反応してしまうことがある。そう考えると、すべて辻褄《つじつま》が合う。これで、すっきりだ。私はきちんと向き直って言った。

「白石という名前はたしかに呼びました。ですが、残念ながら私の探している白石はあなたではないんです。別のやつです。紛らわしいことを言って申し訳ありませんでした。どうも、お手数をおかけしました。それでは、これで……」

男は、目を丸くして言った。

「先輩、本当に大丈夫ですか？　そこまで酔っているのなら、帰りが心配です。送っていきましょうか？」

今度は、私が目を丸くする番だ。こいつ、今たしかに先輩と言いやがった。まるで私の部下であるかのような言い草だ。

「いいえ、大丈夫です。それでは……」

「いや、放ってはおけませんよ。路上で寝て風邪でも引かれちゃあ困りますからね、お互い。それで仕事がスムーズにいかないとなると、ぼくにもシワ寄せが来ちゃいますから」

男は親しげに冗談っぽく笑った。親しげにされる覚えはないし、第一、こっちはとても笑ってられるような状況じゃないのに。

「いや、本当にいいんです。今日は大丈夫なんです。ほら、自分でタクシーに乗るから。タクシーだと心配ないでしょう? あ、タクシー、こっちこっち……」

私は急いでタクシーに乗り込み、何か言いたげな男を残してさっさと行き先を告げ急発進させた。

その日は、あまり眠れなかった。

翌日、少し早めに出勤してみると、白石の席に白石はいなかった。まあ、そのうちやってくるだろう。昨日のことは酒の見せた悪い夢だったに違いない。そうでない訳がない。

するとその時、おはようございますという声が響いた。瞬間的にそちらを向くと、昨日の悪夢のつづきがはじまったのだということを思い知った。

挨拶を返す私の声が上ずっていたからに違いない。その男はニヤニヤしながら近寄ってきた。

「先輩、まだ酔いが覚めていないようですねぇ、今日は大丈夫なんですか。まあ、こんなことだろうと思って二日酔いによく効くドリンク、買って来ましたよ。先輩にはがんばっていただかないといけませんからねぇ、はい、どうぞ」

私は、呆然としたままドリンクを受け取った。とりあえず飲み干してはみたものの、ちゃんと胃に入っていったのか定かではない。

他の社員の様子をそっと窺《うかが》ってみたが、みなその男のことを気にしている気配はない。むしろ、ここにこの男がいるのが当然であるかのような空気さえある。

あろうことか、男は白石の席に腰を落ち着かせて仕事に取りかかってしまった。

私は、注意するべきか迷った。仮に注意するとしても、なんと注意すればよいのだろうか。お前は白石ではないとはっきり言い放つべきなのか。だが、そんなことをしたところで、まだ酔いが残っているとかでうやむやにされてしまいそうだ。

ひとり唸っていると、男がやってきて言う。

「先輩、ここなんですが……」

男は、私の元に書類を持ってきた。とりあえず私は落ち着いた素振りで対応する。

「そこが、どうかしたのか」

「ちょっとおかしいような気がしたので自分で計算し直してみたんですが、やはり間違っているようなんです。確認していただけますか」

「あとで確認しておくから他の仕事をしていてくれ……」

男が席に着くのを見届けてから、指摘されたところに目を通す。数値が書き込まれてあるが、一見しただけでは間違っているのかどうか分からない。しかし、面倒に思いながら計算をやり直してみると、確かに言われた通りの間違いが発覚した。

「ちょっときみ、こっちに来てくれ」

大きめに声をかけたのに、男はまるっきり無視の態度を決め込んだ。感じの悪いやつだな。もう一度、おいきみと呼ぶ。すると男は顔をこちらに向けて、自分の呼ばれているのに気がついた様子で席を立ちいそいそと私の元にやって来た。

「はい、なんでしょうか」

「きみがさっき指摘した箇所だが、たしかに間違いがあった。私の手落ちだった。よく見つけてくれたな」

得体の知れない男には、とりあえず礼を言っておくのが礼儀だろうか。

「助かった、ありがとう」

「なんだ、そんなことですか。少しのミスでも、見逃せば我が社の損失となってしまいますからね。当然のことをしたまでですよ。お礼を言われるのは筋違いな気がしないでもないですが。

それより先輩。いつもは苗字で呼び捨てなのに、急にきみなんて呼ばれるものだから最初だれのことを呼んでいるのか分かりませんでしたよ。どうしたんですか急に。今日はなにかがおかしいですよ……」

とんでもない。慣れ慣れしく白石などと、まさか呼べるものか。なにしろお前は白石などではないのだから。それに、おかしいのは私ではなく、お前のほうだ。

「いや、昨日の酒がまだ残っているんだろう。いけないな、こんなことじゃあ。私も年だよ」

「年だけはとりたくないものですね。

あ、いま思い出したのでついでにもうひとついいですか?」

「なんだ」

「新商品の売り出し方で、新しいやり方を思いついたんですが……」

聞いてみると、なるほどと思わせる内容だった。

それにしても、だ。やっぱりなにかがおかしい。

白石は書類のミスを発見できるほど仕事のできるやつでも、熱心なやつでもなかったはずだ。それに、仕事のことで積極的に自分から意見を言うタイプでも毛頭なかった。

今までにはなかったことだ。あいつも変わったなぁ。

いやいや、感心している場合ではない。重要なのはそんな点ではないのだ。いま一番大切なことは、こいつは白石ではないということ。いったい、前の要領の悪いほうの白石はどこにいったんだ。

「私はこれで帰るよ。きみはまだやるのか？」

「ええ、まだやることが山ほどあるので、もうひとがんばりしてからですね、帰るのは」

「そうかい……」

オフィスを出るときに、白石と名乗る男のほうに目をやる。蛍光灯や陽の加減で、顔に影ができてさっきとは違う容貌に見える。

見る角度によってまったく違う風貌に見える人がいるが、自分が今まで気がつかなかっただけで、実は白石こそがその類《たぐい》の人物だったのではないのだろうか。あれは今までの白石と寸分違わぬ白石なのに、私だけが、白石はこうなのだ、いや、白石なる人物はこうでなければならないのだという勝手な固定観念に縛られていたのではないのか。もしかすると、白石とは元々こんなやつだったのかもしれない……。

だが、そんな考えは即座に打ち消す。先日までは、白石はこんなに仕事のできるやつではなかったはずなのだ。

いや、それこそが失礼極まりない思い込みだったのかもしれない。私の目が節穴だっただけの話で、白石はバリバリのやり手だったのかもしれない。能ある鷹はなんとやらだ。私は才覚を見抜けなかった、とんだ間抜け野郎なのかもしれないぞ。

頭がこんがらがってきた。なんだか恐ろしくさえなってきた。どうして、こんな変なことに巻き込まれたのだろうか。自分の境遇を考えると哀しい気分にもなってきた。

何日かたったある日、仕事で遅くなったため飲み終わりの一団と出くわす機会があった。

店の前に群がる人の中を、縫うように抜けていく。そのときだった。

「岡本《おかもと》ぉ、岡本ぉ」

同じ名前を連呼している。どうやら、その岡本とやらがいなくなったらしい。

岡本、かぁ。ひらめきがよぎる。

そうだ。おれが岡本だと、勝手に名乗り出てみたらどうなるのだろうか。これは、試す価値がありそうだぞ。

「はいはい、岡本はここにいますよ。呼びましたか」

「なんですか、あなたは」

瞬間的に怪訝《けげん》な表情を浮かべる。だが、ここで押されては負けだ。

「岡本って、さっきから呼んでいるでしょう？　岡本は私です」

そいつは、隣にいたやつに目配せして眉間に皺《しわ》を寄せた。互いに合図を交わす。

「岡本ぉ、岡本ぉ」

違う方を向いて、再び大声を上げはじめた。無視してしまう気らしい。私はむきになって主張する。

「岡本は、私ですよ」

まったく取り合ってもらえない。なんとかこっちを向かせようと、そいつの腕を引っぱっていると、突然「何でしょうか」と見知らぬ人物が横から現れた。

「おい、みんな。岡本が見つかったぞぉ」

そいつは一団に声をかけ、みなはほっとした表情になり、またざわめきながら去っていった。

私は結局、最後まで冷たい目で見られ相手にもされなかった。大いなる不快感を抱いたが、自分で蒔《ま》いた種だけに文句の持っていきどころもない。もやもやだけが残った。こんなことを繰り返していては、精神衛生上よくないに決まっている。金輪際こんな愚かしい行為はやめにしようと心に決める。

ある日の飲み会の帰り際、またもや同僚の一人がいなくなった。私は、その名前を呼ぼうと思ったが、既《すんで》のところで口を噤《つぐ》んだ。

呼んだところで、どうせ変なやつがすりよってくるにちがいないのだ。そいつがたとえ仕事のできるやつであろうが、社にとってプラスになろうが、どうだっていい。これ以上はっきりしない状況に陥るのだけは勘弁なのだ。

白石は、相変わらず順調に仕事をこなしている。時々、飲み会の席で話が弾むこともある。話題を豊富にもっていて、楽しい時間を過ごすことができる。にもかかわらず、この男がいったいどこの何さんなのか、私は未だまったく分からないでいる。

この男が以前の白石でないことだけはたしかなのだろうが、しかし、それさえも念を押されて問いただされると、閉口せざるを得ない状況なのだ。

分割

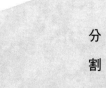

こんな月のきれいな夜は、同期のホンちゃんを思い出す。

なんでかって、それはおれの中でのホンちゃんのイメージと関係しててね。

ホンちゃんはとても特徴的な顔をしてるんだ。細く鋭い目に、少し長めの髪からのぞくとがった耳。それから、筋トレの賜物《たまもの》のたくましい体つき。そういうところに、おれはどうしてもオオカミ男を連想してしまう。だから、月を見ると彼のことを思い出すというわけさ。

ホンちゃんは、仲の良い同期のひとりでね。今この瞬間の幸せに全力を注ぐ生き方で、おれとは正反対なんだけど、だからこそ、話をしていておもしろい。

彼はとにかく買い物するのが大好きで。ちょっとでも気になるものがあったなら、即座にネットで注文する。あんなに買ってて大丈夫かと心配になるほどだけど、カードを使ってローンで買うからなんとかなってるそうなんだ。名言も残してててね。ローンは魔法なんだと言うんだよ。

どういう意味か尋ねてみたら、こういうふうに言ってたよ。普通なら値段が高くて絶対に手が届かないものが、ローンを使うと今すぐにでも手に入る。こんな魔法はほかにないで。利子？　いやいや、あれは幸せへの手数料やで。

というこどらしい。いかにも今を大事にするホンちゃんらしい考え方だと妙に納得したのを覚えてるよ。

そんなホンちゃんの秘密を知ったのは、彼の家に遊びに行ったときのことだった。そこでおれは、奇妙な光景と出くわすことになったんだ。

部屋に入ると、そこかしこにおかしなものが散乱していてね。

何だと思う？　まあ、到底予想はつかないだろうね。

いいかい、そこにあったのは、パズルのように端の欠けたテレビ。中途半端に半円ほどしかない照明。片方しかないステレオ。くつのかかと。

そんなものが、なぜか部屋にちらばってたんだ。

おれは思わずこう言ったね。

「ホンちゃんの買い物好きは知ってたけど、ガラクタ集めが趣味とは知らなかったよ」

すると彼は、なんと言ったか。

「たまちゃん、何を言うてんの？　毎月少しずつ出てくるやつやんか」

「少しずつ？　出てくる？　何が」

予期せぬ回答に、おれはホンちゃんの言ってる意味が瞬間的に理解できなかった。

「え？　これのことやろ？」

おれの反応のほうが予期せぬものだったのか、ホンちゃんは困惑の表情を浮かべた。

「え、たまちゃんローン知らへんの？　ローン。分割払い」

「それくらい知ってるよ。でも、ローンと散らかったガラクタとが、どう関係してるの」

「たまちゃん、それはあかんやつやで……ローン知っててこれを知らんとか。まあ、言うてもしゃーないやつやから説明するけど、分割払いで買ったもんは、支払いが終わった分だけこうやって出てくんねん」

「どういうこと……？」

「いや、やからさ、ローン組むやん？　そしたら毎月の支払いがあるわけやろ？　で、その支払った金額に見合った分だけ買ったもんがちょっとずつ現れるってわけやねん。全額返済したときが完成や」

ははあ。いろんなものが中途半端に欠けたりしてるのは、そういうわけかぁ。って、知らへんわ、そんなこと。ほんまかいな。はじめて聞いたわ。

「じゃあ、あそこにあるコの字形の木枠みたいなやつも分割払いで買ったやつ？」

「そう。本棚やね。まだぜんぜん返せてないから小さいけど」

うーん。ローンは魔法だと聞いてたけれど、これじゃほんとに魔法だよ……。しかし、こんな妙な買い方をして、いったい何が楽しいのだろう。

そういえば、とおれは思う。毎月部品が届いて少しずつ組み立てていくという付録つき雑誌があったけど、あれに似ているなぁ。そういう意味では、完成させていく喜びのようなものがあるのだろうか。

「この四本の杭みたいなやつは？」

おれは、床に立つそれらを指差して言った。

「椅子の脚やで」

ホンちゃん、まじか。こんなもん、全部そろうまでぜんぜん役に立たんやん……。

おれの心の声を察したのか、

「これはこれで使えるんやで」

「どういうこと」

と、ホンちゃんはおもむろに腰をかがめはじめた。

「ほら」

声をふるわせ彼は言う。あろうことか、ホンちゃんは四本脚の中心にかがんで空気椅子をやりはじめたのだった。

「ほんまの椅子の脚があると、リアルさが違うやろ」

そういうものなのだろうか……。いやいや、筋トレ好きのホンちゃんだからこそのポジティブ思考だよ……。

なんにせよ、それ以上追及するのはやめにした。

「そういや最近、映画のディスクを大量に買ったって言ってたね。ここにあるやつがそれだよな。完全な形になってるってことは、さすがにディスクは一括で買ったんだ」

「いや、それもローンで。いま返済中やね」

「でも、全然欠けてないけど」

「映像が途中までしか見られへんねん」

「……それ、意味ある？」

思わず言ってしまった。

「ほんだら聞くけど、たまちゃんはドラマとか見ぃひんの」

「まあ、ときどき見るけど」

「あれとおんなじやん」

とホンちゃんは持論を展開する。

「次のやつを待つ楽しみやで」

なるほど。そう言われると、そんな気もする。

つづけておれは、きょろきょろ部屋を見渡した。

「お、やっと見つけたよ、完済したやつを。一輪車は全部を払い終わったんだな」

宝探しの気持ちになって得意気に言った。

「いや、あれは自転車やで。後輪とサドルだけが出てきてん。ちなみに言うとくけど、そっちのはマクラちゃうで。フランスベッドの一部な」

あきらめよう完成品はなかりけり

などと思っていると、突然ホンちゃんがパソコンに向かって声を上げた。

「あーまた買《こ》うてもうた」

おいおい、おれとの会話に集中しようぜ。

と、次の瞬間。目の前に何かがぱっと出現し、空中で静止した。それは、クルマのサイドミラーだった。

「またずいぶん大きな買い物をしたもんだねぇ……ちゃんと返せる見込みはあるの？」

「たまちゃん、それは本質やないな。大事なんは買うか買わんか。それだけやで」

よく分からなかったが、現れたものを見て幸せそうにしているホンちゃんの様子を見るうちに、おれはだんだんホンちゃんの生活がバラエティーに富んだおもしろいものに思えてきて、なんだかうらやましくなっていった。

「おれも分割をはじめてみようかなぁ……」
「好きにしたらええやん」
ホンちゃんは、サイドミラーを嬉しそうに布で拭きながらそう言った。

とまあ、こういうことがあったんだ。それ以来、おれはまだ分割払いというやつには手を出せてないんだけど、最近のホンちゃんは買い物癖にますます拍車がかかってるようで。あの調子だと、際限なくエスカレートしていくんじゃないかと気が気じゃないよ。

それに何より、ホンちゃんは変な魔法で何でもかんでも手元に取り寄せられるみたいだからね。使い方を間違って、そのうち大変なことになりゃしないかと嫌な予感がしてるんだ。

そもそもね、どうしてこんな話をきみにしようと思ったかってことだ。きれいな満月が単にホンちゃんを連想させたからってだけじゃないんだよ。月を眺めているうちに嫌な予感が強くなってきて。

おれの杞憂《きゆう》だといいんだけど。

ほら、月の真ん中のあたり。見えるかな？　小さいけれど、虫食いみたいになってるだろ。さっきから、あの穴がおれにはどうしてもただのクレーターには見えなくって。

今は何でも簡単に買える時代だろ。

いやね、最近ホンちゃんが、とても大きな買い物をしたと言ってたのを思い出して。

ギタリスト

おれのことを覚えてるやつが、まだいたなんてな。あんたもずいぶん変わったやつだ。

今夜は舌がよく回る。昔のおれに惚れてたやつなら、こんなおれは認めないだろうな。

思えば、壮絶な人生だったよ。

おれが音楽に目覚めたのは、十六のときだった。高校に入学して、あのころは周りの女どもの気をひくことばかり考えていた。よくけんかをしては、こぶしの強さを競ったもんだ。

そんなおれが、あれを境に人が変わったようになっちまった。こぶしをしまい、音でけんかをするようになった。それが、ギターの神様と呼ばれた人の音楽との出会いだった。

衝撃だったよ。からだのなかを駆けぬける、稲妻のような音。曲はおれを熱く駆りたて、何かをせずにはいられなくなる。世の中に、あんなに刺激的なものがあるなんて知らなかった。人生をかけるものが見つかった。そんな気分だったな。

普通のやつなら、そこで陳腐に普通のギターに走るんだろうがな。なにしろおれは、人と同じものを持つのが嫌いでね。ほかのやつと同じようなギターを買うのもしゃくだった。天才ってのは、いつの世も人と違うことをしたがるもんさ。

その日から、おれはレアなギターを探しはじめた。それが具体的にどんなやつなのか、あのときのおれは、まだ漠然としたイメージしか持ってなかったな。木のギターじゃないギター。鉄のギターか、プラスチックのギターか、それとも他の素材のギターか。上質な音を奏でる変わった相棒を手に入れるため、おれは楽器屋をさまよい歩いた。だが、どこの店も、くそつまらねぇ普通のギターしか置いてやしなかったんだ。

ちょうどそのころのことだ。おれは、ある女ともめたことがあった。

おれがほかの女といるところを見つかってな。ああ、おれに平手をくらわせたのは、あとにも先にもあのアマだけだ。気づいたときには、ぱちんとやられてたってわけだ。

いつものおれなら、かっとなってすかさず手が出ていたかもしれないが、そんときのおれは違っていた。あの瞬間、おれの頭にひらめくものがあったんだ。あのときの衝撃といったら、なかったぜ。おれはやっぱり、天才だと思ったな。ああ、人のからだは音がする。おれはその事実に気づいちまったんだ。

おれは、自分のからだで音を奏でる方法を必死になって探したさ。うまくやり方を見つけさえすれば、ギターと同じような音、いや、それ以上の音を奏でられるに違いない。おれのなかには、根拠のない確信があったんだ。

おれは、二の腕の肉をはじき、足の指をはじき、ふくらはぎを揺らして入念に音を確かめていった。

そして、腹をつねって引っ張って、そのでっぱりを一本の弦のようにして上から下へとはじいたとき、からだのなかに震えが走った。もちろん、歓喜の震えというやつだ。ああ、それがおれの相棒との出会いだったんだ。

そのとき腹で鳴った音というのは、小さな小さなものだった。だが、おれの耳はその可能性を聞き逃しやしなかった。それが天才たるゆえんだろうな。これを極めれば、いける。これしかない。おれは確信に満ちていた。求めるものをようやく見つけた喜びで、おれは思わず叫んでいたね。

　こうしておれは、ギタリストとしての第一歩を踏み出したってわけさ。それからのおれは、腹で奏でる音をグレイトなものにするために、日夜練習に励んだね。天才は、人知れず努力をしているもんさ。

　才能はみるみる開花した。ちゃんと音が出せるようになるまでに、そう時間はかからなかったさ。

　だが、良い音を出すためには、肉のはじき方を練習するだけじゃあだめだった。もともとおれは痩せてたもんだから、腹に段をつくるには、いちいち肉をつまんでやらなきゃならなかった。それじゃあ、左手の自由がききゃしない。どういう意味か分かるだろ。ああ、弦のふるえを調整できないのとおんなじさ。そんな調子じゃ音の調整ができやしなかったんだ。だからおれは、つままなくても自然と腹に段ができるよう、太ったからだをつくる必要があった。

　単に太るだけでもだめだった。大切なのは、腹にできる段の数。これも増やしてやらなきゃならなかった。一段腹じゃあ音に幅がでやしない。一本の弦じゃ満足に演奏できないのとおんなじ理屈だ。二段腹なんて甘っちょろいもんじゃあない。ああ、目指すべきは六段腹。ギターの弦とおんなじ数だ。

そういうわけで、おれは太る努力をしはじめた。

たとえば、そう、寝る前のお菓子は言うまでもないが、おれは嫌いだった甘いものを自らすすんで食べるようになったな。それから、足をひねったふりをして親をだまし、毎日クルマで通学した。部活もやめて、なるべくからだを動かさないようにした。弁当は人の三倍は食ってやったな。

その甲斐《かい》あって、おれのからだはぶくぶく太り、半年もすると見違えるようなからだになっていた。つまんだり、からだをかがめて肉を無理やりださなくとも、いつでも腹は六段腹。楽器は整った。次なる目標は、音階を弾きこなすことだった。

おれは、入門書を片手に独学でコードを学びはじめた。左指で腹のでっぱりを押さえつけ、右手の指でそれをはじく。CにG、Aマイナーに、Eマイナー。初心者の壁と言われるFは、天才と呼ばれるおれでも最初は難しかった。はじめは誰でもそんなもんさ。思うように動かない指にいらつきながらも、おれは粘り強く練習をつづけたな。

しばらくたつと、おれはすべてのコードをマスターしていた。才能のなせるわざだろうな。ものすごい成長スピードだったと思うぜ、実際おれは。

それでようやく、曲を弾ける段階にきたってわけだ。おれは楽譜を用意して、また練習に打ち込んだ。旋律を奏でられるようになるのに、時間はまったくかからなかった。立てつづけに、何十曲もの楽曲をコピーしてしまった。おれは自分の才能が恐ろしかったぜ。指は自然に反応し、からだは自然にリズムを刻む。

同時におれは、独学でボイストレーニングをしはじめた。夜な夜な体育館に忍び込み、腹を出して演奏しながら声を張る。目の前に、おれの曲に狂喜する大観衆を想像しながらな。

そしておれは、ようやくオリジナル楽曲の制作にこぎつけた。その頃になると、おれの腹では音が渦を巻いていて、曲が次々あふれだすようになっていた。おれは、それを曲にまとめる作業を進めていった。

つづけざまに十曲ほどを仕上げると、おれはからだひとつでライブハウスに出かけて行った。もちろん、出演交渉をするためさ。

「で、ギターはどこにあるんです」

出てきたやつは、手ぶらのおれを見下すような口調で言った。

「こいつさ」

おれは少しシャツをめくり、六段腹を空気にさらす。

「こいつがおれの相棒だ」

忘れもしないさ。そのときそいつは、ぷっと吹き出しやがったんだ。

「きみねぇ、申し訳ないけど、冗談に付き合ってる暇はないんだよ。和尚《おしょう》が腹をたたいてタヌキと競う昔話なら、聞いたことはあるがね。大人は忙しいんだから」

すぐにそいつをぶんなぐってやりたかったさ。だが、おれはなんとか思いとどまった。新しいことをするやつは、いつの時代だってはじめは相手にされないものさ。若かったのに、我ながらあっぱれな判断だったな。

おれは、去ろうとするそいつに向かい、全力の音をぶつけてやった。人前での、はじめてのお披露目さ。おれの腹は、烈《はげ》しく音を奏ではじめた。音楽にのせて、声をあげる。

振り返ったそいつの目は、驚きであふれかえっていた。おれは構うことなく演奏をつづける。最後にジャラン、とひとかきし、おれは演奏を終えた。

そいつは、しばらく口もきけない様子だった。

「出演させてくれるだろ」

おれはにやにやしながら問いかけた。

「ええ、それはもう……」

思わず言ってしまった、という感じだったな。ざまぁみやがれだ。

出演日は、すぐに決まった。

不思議なことに、おれのなかに緊張はなかった。早く観客どもの前で演奏したくて、興奮は最高潮だった。おれは生まれついてのスターだったんだろうな。

出番が来ると、おれはおれのことを誰も知らないステージへとゆっくり上がっていった。

スポットライトが当たる。構えた右手でゆっくりシャツをめくりあげる。おれの相棒が現れる。

あちこちからどよめきが聞こえてきた。笑い声もまじっている。笑っていられるのも今だけだ。

おれは、音を爆発させた。

会場の空気が一変した。静まりかえった観客どもは、我に返るとすぐに曲に合わせてさわぎはじめた。嘲笑は歓声に変わり、一心不乱に飛び跳ねる。恍惚《こうこつ》感に包まれながら、おれは夢中で演奏した。髪を振り乱し、声を張り上げ、観客をあおった。はじめてのことなのに、まるで初めからすべてをからだが知っていたかのようだった。

一曲演奏が終わると、観客どもは完全におれのものだった。

その日は楽屋から出ると、出待ちの客であふれかえっていた。サインを求めるやつ、相棒のことを聞きたがるやつ、連絡先を投げてよこすやつ。いろいろいたが、おれは群がるファンどもをクールに押しやりチャリで帰路についた。

その後も、おれはいろいろなライブハウスを一人で回り、弾き語りをやった。はじめは、どこのやつも同じようにばかにしてきた。そういうやつを実力で黙らせたときの快感といったら、なかったぜ。

ときには、路上ライブもやったな。初めは腹を指さし笑っていた客も、おれの音楽をきいたとたんに顔色を変えた。たちまち固定のファンができ、おれのまねをしてシャツをめくりあげて腹をだすスタイルがファンの証になった。

しばらくたった、ある日のことだった。

いつものようにライブハウスでの演奏を終えたおれのところに、ある男が現れたんだ。そいつはプロデューサーを名乗り、名刺を差し出してきた。

「ぜひ、うちでやらないかい」

ああ、それが最初のオファーだったんだ。

「ただしきみには、バンドを組んでもらう。きみは、ほかの楽器のよさも学ぶべきだ」

その言葉に、おれはかっとなった。

「うるせぇ、てめぇに何が分かるんだ」

そのへんのやつだったら、下手《したて》に出るところだろうな。こびへつらって、どんな手をつかってでもチャンスをつかもうとするだろう。だが、おれは自分の意思をつらぬいた。誰にもこびやしない。グレイトだろ。

だが、その男はいやに落ち着いた態度で言葉を返した。いま思えば、おれのようなやつをずいぶんたくさん相手にしてきていたんだろうな。

「きみの才能は、たしかに素晴らしい。だがね、いまは音楽の幅を広げるべき時期だ。きみは若い。私に任せてもらえれば、まだまだ進化できる」

「おれはおれだ。誰とも群れやしねぇ」

そう言って、ぺっと唾を吐いてやった。だが、そいつは微動だにせず、にこやかな態度を崩さなかった。

「今日のところは、これで帰るよ。ただし、ひとつだけ忠告だ。腹を冷やさないよう、ライブの前後はカイロで温めることをおすすめするよ。楽器のケアは絶対だ。プロとして長くやっていく気があるならね」

このときちゃんと注意を聞いていればと、おれはのちのち後悔することになるんだがな。

それからも、そいつは何度もおれの前に現れてはオファーを繰り返した。

「私とやったほうが、いいと思うんだけどなぁ」

「うせやがれ」

おれはいつも悪態をついては追い返した。

実のところ、そのころおれのところにオファーに来たやつは、ほかにもたくさんいた。だが、そのほとんどがおれの態度に逃げ帰り、何度も声を掛けてくるのは最初の男だけだったんだ。

時がたつにつれ、次第におれはそいつに引かれていった。にこやかな表情の裏にひそむ情熱を、おれの本能がかぎとった。そういう感じだったな。こいつだったら、言うことを聞いてやってもいいかもしれない。こいつのすすめるやつとなら、バンドを組んでもいいかもしれない。おれはだんだん、そう思うようになっていった。心を動かされたというやつさ。

おれはとうとう、オファーを受けることに決めたんだ。

「その言葉を待ってたよ。よし、きみに会わせたいやつらがいる」

そうして引き合わされたのがドラムとベース、ああ、のちに伝説と呼ばれるようになる、おれのバンドのメンバーたちだった。

あんたには改めて説明するまでもないだろうがな、どちらもただのドラムとベースじゃあなかったんだ。年はおれと同じくらい、どちらもでっぷり太ったやつで、ドラムは大きく張った腹をたたいて演奏し、ベースはおれと同じスタイルで、ただし、重低音を出すためにおれよりもっと肉付きのよい腹をベンベンいわせて演奏した。

おれは今でも、あのときの感動を覚えてる。同じようにからだを使って演奏するやつが、おれのほかにもいたんだってな。歴史を変えるものってのは、いつの時代も同時発生的にいろいろなところで偶然出現するもんだが、あれがまさに歴史の変わった瞬間だったんだろうな。

「ほら、私と組む気になって、よかっただろう?」

プロデューサーは、憎いぐらいに、にこやかに言った。まったく、いやなやつだぜ。はじめから言えってんだ。そんなだから、バンドにまとまりが出るまでにそう時間はかからなかった。そこに至るまでの苦労なんかも、分かち合うことができたからな。

おれたちは、寝る間も惜しんで楽曲作りに没頭した。ときには激しくぶつかり合いながら、ときには互いを尊重しながら。あのころが一番よかった時期だったな。

そして、とうとうデビューシングルの発売が決定した。さすがのおれも、あのときばかりは祈るような思いだった。

結果は知ってのとおりさ。鮮烈デビュー。あの曲で、おれたちはスターへの道を一気に駆け上がることになった。デビュー曲は売れに売れ、あらゆる音楽番組、音楽雑誌のランキングを総なめにした。ひっきりなしの取材、楽曲提供の話も次々と舞い込んだ。

シングルもアルバムも、出すものすべてが飛ぶように売れていった。何を書いても名曲と言われ、書きたいものはいくらでもあった。

初めてのスタジアムライブも、素晴らしかった。客との距離が近いライブハウスもいいもんだが、どでかいステージで歌う気分ってのは、また違っていいもんでな。おれたちがシャツをめくりあげるだろ。すると、もうそれだけでスタジアム全体が爆発するような歓声に包まれる。

だが次の瞬間、おれがすっと右手を上げると会場が静まりかえるんだ。ぞっとするほどな。

そこから一気に、腕を振りおろす。腹の上で音があばれ、迫る歓声をひきはなす。アップテンポの曲で客をあおりたてたかと思うと、バラードをしっとりと歌い上げ、客から声を奪ってやる。ギターソロでは思う存分テクニックを披露して、ラストに向かって疾走する。

ライブが終わると、いつもまっ白だった。憑依《ひょうい》状態が終わり、だらっとソファーに横たわる。もう二度と味わうことのできない、素晴らしい疲労感だったな。

渋谷の路上でやったゲリラライブも最高だった。ファンでごったがえして、警察のやつらがあわてふためく様子は、いま思い返しても笑けてくるぜ。

おれは、勢いのまま一世を風靡《ふうび》した。音楽業界では、おれに心酔して腹で演奏するやつが続出し、町を歩くとシャツをめくりあげて腹を出すスタイルの若者であふれかえっていた。おれが時代をつくっている。自分が神にでもなったような、そんな気分だったな。

だが、栄光の日々も長くは続かなかった。

数年が一瞬にして過ぎ去ったころ、おれたちの関係は悪化の道をたどっていた。名声は人を狂わせると言うがな、あのときのおれたちは、どうかしてたんだ。一緒にいるとけんかが絶えず、レコーディングも満足にできない始末だった。それぞれが自分の考えを主張して絶対に譲らない。なぐり合いに発展することもしばしばだった。

期せずして、おれたちのブームも過ぎ去ろうとしていた。おれを見て育った次の世代が、早くも出てきてな。世代交代というやつさ。複雑な思いがしたな。

売れ行きに陰りがではじめ、その責任を互いに押し付けるようになったとき、おれはもうだめだろうと思ったな。そして、解散を決意したというわけさ。よくあるように、方向性のちがいだと、世間には公表したけどな。

解散を境に、おれはソロへと転身した。だが、どこのやつらもおれを相手にしてはくれなかった。それまでの大きな態度が裏目にでたんだな。プロデューサーも一緒になって、業界からすっかり干されちまったんだ。

そんななかでも、おれは地道に活動をつづけていった。だが、どうしたことか、そのころから新しい曲が書けなくなってしまったんだ。それまではあふれるように湧いてきていた曲どもが、ひとつもな。腹をはじいて音を奏でてみても何かが生まれる気配はなく、無理に書いても名作とはほど遠い出来だった。

現実から逃げるように、次第におれは酒におぼれるようになっていった。二日酔いで割れそうな頭で居酒屋を渡り歩き、悪酔いして近くの客にからんではよく出入り禁止をくらったもんだ。相棒を扱う時間もだんだん短くなっていき、ケアも怠るようになっていった。

それでもおれは、週末になると井の頭公園に出向き、まばらな人のなかで過去の楽曲を演奏した。かつてだったら物珍しさで人も集まっただろうが、いまとなっては同じようなやつが掃いて捨てるほどたくさんいる世の中だ。興味をもつやつなんざぁいなかったさ。なかには、あんたのようにむかしの栄光をちゃんと覚えているやつもいたがな、酒にかまけて練習をさぼってにぶった腕に、管理を怠り形がくずれた腹だ。

がっかりさせるのがオチだったな。

そしてついに、すべてが終わるときがやってきた。

その日もおれは酒に呑まれ、明け方近くに家に帰った。なんだか無性にむしゃくしゃして、いつも以上に自暴自棄になっていた。

スターのおれが、なぜこんなことになったのか。

いらだちがピークに達したとき、おれはシャツをめくり、怒りにまかせて音をかき鳴らしはじめた。

そのときだった。おれの耳に大きな破裂音が突き刺さって、一拍あとに、強烈な痛みが腹のあたりを駆け抜けたんだ。

一瞬、何が起こったのか分からなかった。おれは混乱した頭で痛みのするほうに目をやった。するとそこには、赤く染まった光景が広がっていた。ああ、六段腹のひとつひとつが裂けていたんだ。まるで弦が切れるようにしてな。

おれの頭はまっ白になった。ほかの場所がケガしたのなら、救いようがあった。だが、音の生命線が切れたとなれば、もう音楽家としてやっていくのは無理かもしれなかった。これもすべて、メンテナンスを怠っていたせいだ。おれは激しい後悔におそわれた。

おれはすぐさま救急車を呼びつけた。運ばれていく最中も、これまでのこと、これからのこと、いろんな思いが頭をよぎったさ。

すぐに治療が施され、命に別状はなかったが、十針も縫う大ケガだった。一時はもう二度と演奏できないかもしれないと腹をくくった程だったがな、その後のリハビリの甲斐あって、なんとか音がでるまでに回復したんだ。

だが、治療が落ち着いたころ、おれはもう音楽から身をひくべきだと考えるようになっていた。すべてを断ち切り、新しい道で食っていこう。そうするのが、一番のような気がしたんだ。酒もやめてな。

それでもやっぱり、おれは生まれついての音楽家だったんだろうな。ついに音楽を捨てることはできなかった。

そしていつしか、こうして場末のジャズバーでひっそり演奏を楽しむようになったというわけさ。

ちょっと長話がすぎたようだな。たまには回想するのも悪くない。まあ、あんたみたいな昔のファンには、夢をこわすようで悪かったがな。

今のおれを昔のおれが見た日にゃあ、目を丸くするだろうなぁ。それから、そう。こんな落ちぶれにも、手を差し伸べる変わりものはいるもんでな。ああ、ちょっと前に身をかためたというわけなんだ。驚きだろ。だが、もっと驚くことがある。

去年の暮れに、せがれが生まれてな。正真正銘、おれのせがれだ。こいつが、かわいくてなぁ。こんな言葉を吐くなんて、おれもすっかり丸くなったもんだ。今では、せがれがおれの生きる唯一の希望さ。

せがれのやつにゃあ、いつも驚かされるんだ。

おれがベランダで音楽を弾いてるだろ。すると、おれがやった通り、拙《つたな》いながらもおんなじように音を奏でやがるんだ。生まれながらにたるんだ腹をはじいてな。天性の素質というやつだろう。初めてあれを聞いたとき、おれは運命のいたずらにぞっとしたね。

近頃じゃあ、まだまともにメシも食えないくせに甘いものばかり要求して、順調に肉もついてきている有様だ。しっかりからだが出来あがれば、このおれが直々に、基礎から徹底的に教えこんでやろうと思っているところさ。

ああ。いつか、たるんだ業界にせがれがなぐりこむ日が来ることを考えると、昔みたいに熱い力がみなぎって、ずいぶん夢がふくらむぜ。

夢巻

古い友人につれられて入った店は、一軒のシガーバーだった。

「悪いけど、タバコはやらないんだ」

そう躊躇する私に、彼はにやりとして言った。

「ここは、ただのシガーバーじゃないんだよ」

含みをもたせる言い方で、彼は私を招き入れた。

足を一歩踏み入れると、光がぐっと落ち着いた。

壁際に設置されたキャビネットには、葉巻がずらりと並べられている。

バーの奥では、無数のグラスがきらめきを放っていた。ところどころで、ほのかに桃色に色づいたけむりが立ちのぼる。

ふかふかのソファーに深く腰かけた私は、さっきから何度も繰り返してきた話題を再び口にした。

「とつぜん電話がかかってきたのには、ほんとに驚かされたよ。だって、小学校の卒業式以来だろ」

友人も同じように、少し高揚した面持ちでそれに応じた。

「急な転校だったもんなぁ。海外だったから、連絡も簡単にはとれなくなって、そのうちだんだん疎遠になって。でもまあ、こうして再会できてよかったよ」

「どうして急に連絡をくれる気になったんだ、連絡先を調べるだけでも大変だったはずなのに」

そう私が尋ねてみても、彼はずっと同じ調子で何も答えず、ただただ微笑むばかりだった。

私がさらに踏み込もうと思った、そのときだった。店の人がやってきて、葉巻と灰皿、そしてマッチを揃えてくれた。それを見るなり私の疑問は吹き飛んで、瞬時に心がときめきはじめた。

「これが葉巻かぁ……本物にふれるのなんて、初めてだよ」

時間の経過を感じさせる焦げ茶色のそれは写真で見るよりずっと貫禄があり、私は好奇心を大いに刺激された。

友人は、私の言葉を待っていたかのように口を開いた。

「あいにく、これは葉巻じゃなくってね」

私が眉をひそめるのを、彼は楽しむように見てから言った。

「ユメマキといって」

「なんだって？」

私は思わず聞き返した。

「夢を巻くと書いて、ユメマキ。説明するのは無粋だからね、まあ、見てて」

友人はそう言って、目の前に鎮座するそれを手に取った。そして、慣れた手つきで吸い口をカットしはじめた。そのひとつひとつの所作が、なんともいえず上品な美しさを感じさせた。

次に彼は、マッチを手にとった。

「シガーマッチ。ふつうのものより長いから、そのぶんじっくり火がともる」

そして、夢巻なるものをゆっくり回転させながら、彼は先端をマッチでじわじわ炙《あぶ》っていく。やがて、細いけむりがかすかに立ちのぼる。

その様子にうっとり眺め入ったあと、今度はそれを指に挟み、ゆっくり口に運んでいった。そうして大切そうに口にくわえると、ソファーにからだを預けて、優しく頬をへこませはじめた。

その途端、彼のまなこはとろんとなった。恍惚が彼を満たしたことが見てとれた。

友人は、落ちそうになる灰を気にとめることもなく、遠い目線のまま、いつくしむように口の中でけむりを転がしつづけた。

やがて、彼は淡いピンクのけむりを惜しみながら天へと吐きだした。そして残り香を楽しむように目を閉じて、そのままじっと動かなくなった。

友人は、長いことそうやって黙っていた。まるで私のことなど忘れてしまったかのように……。

「おい」

たまらず私は声をかけた。

「ああ、ごめんごめん」

彼ははっと目を開けて、寝起きのようなけだるい声で答えた。しかし、その声とは裏腹に、開いた目は生き生きと輝いていた。

私は、思わず前のめりになっていた。

「もったいぶるなって」

「説明不要、吸ってみれば分かるさ」

そう言って、彼は新しい夢巻に火を入れて、私のほうへと差し出した。

私の中に、もはや躊躇は存在しなかった。私は友人と同じようにしてそれをゆっくり口に含むと、少しずつ空気を吸い上げていった。

ほのかな香ばしさを感じた、その瞬間のことだった。

私の頭に、とつぜん強烈なイメージが流れこんできた。


桜の幹にしがみついたクマ蟬たちが、勢いよく声をあげていた。

それは、夏の景色だった。

私はなぜか、虫とり網を片手に幹を眺める少年になっているのだった。

蟬たちを追って、私は木から木へと渡り歩いていた。やがて、いちばん鳴き声の高い桜の前にやってくると、網をかたく握りしめ、低いところから徐々に目線を上げていく。太い幹に張りついた蟬たちを目で追ううちに、いつしか私は天を見上げていた。

そこには視界を埋めつくさんばかりの葉っぱが青々と茂っていて、ふと、隙間から見える空の青と雲の白の美しさに気がついてしまう。そのとたん、私は蟬をとることなど忘れてしまって、世界の美しさに胸が苦しくなっていく——。

気がつくと場面は変わり、私は川べりに座ってきらめく水面を眺めていた。きらきらと移り変わる情景に、時の移ろいを感じている。しばらくすると立ちあがり、ごろごろ転がる小石のうえに足を踏みだす。青く透きとおった川底をハヤの群れが通り過ぎていく。私は平石を見つけると、いつか誰かがやっていた水切りを、見よう見まねで再現しようと試みる。放った小石は、ぼちゃんと鈍い音を立て、波紋がゆっくり広がっていく——。

夕暮れまぎわのクヌギ林。蚊取線香を腰にさげ、私は樹液のでる木を探していた。湿った腐葉土が、やわらかく足を包む。と、私は太った木肌にぽっかり空いた穴を見つける。懐中電灯で慎重に奥を照らす。そこにコクワガタの姿を見つけると、喜びがじわじわとこみあげてくる——。

私は、祭りの屋台のにぎわいに夏の終わりを感じている。赤く連なる提灯が、どこまでもつづいていく。そのとき花火がすーっと天に昇っていき、虚空をきれいに彩った。やがてそれは、にじむように消えていき――。

　突然、私はわれに返った。

　友人がこちらを見て、にやついていた。

「な、わかっただろ？」

　そう声をかけられてからも、私はしばらく夢と現実の境をさまよっていた。ようやくこちらに戻ってくると、私は深く、感嘆のため息をはいた。

「まるで子供の頃に戻ったみたいだったよ……」

　感じたままの言葉が、口をついて自然にこぼれ落ちた。彼のさっきの反応も、うなずける話だった。こんな不思議なものは、見たことも聞いたこともなかった。

「ご名答。これは子供の思い出が詰まった代物なんだ。単なる比喩じゃなくってね」

　その意味するところが分からずに首をかしげる私を見て、友人は言った。

「夢巻は、子供の作文からつくられる」

　私は思わず目を瞠《みは》った。

「紙に込められた子供たちの純粋な思い出は、おれたち大人に甘い夢を見させてくれるんだ。想像力ゆたかな子供の書いたものほど、鮮やかなイメージを描きだしてくれてね」

彼は、私の反応をおもしろそうに眺めながらつづけた。

「そしてその味は、込められた思い出によってひとつひとつ違ってくるんだ。夏休みの思い出が刻みこまれた文章は香ばしくって、少女の初恋がつづられた日記は少し酸味を帯びている。宿題へのうらみごとが書かれたものは味が硬くて、ケンカの思い出はニガくなる。

作りたての夢巻は、どれも幼いだけの青い味のままなんだけど、ヒュミドール——温度と湿度を管理できるボックスの中で時間をかけて熟成させるうちに時に洗練され、しだいに深みが出てくるんだ。そうして、極上の一本ができあがる。年をとるにつれて雑味が加わって味が劣ってしまうから、いちばん多感で素直な小学生くらいまでのものが最高とされててね。

堕落に導くのはこの店の方針じゃないから、夢を現実逃避に使う人種や、現実主義者のようにからだが受けつけない人には向かないけれど、夢を糧にするタイプの人にとって、これ以上の嗜好品はないよ」

私は、ただただ夢を見るような思いで彼の話に聞き入った。

夢巻にゆっくり火がのぼり、灰が落ちる。

次に彼は、店の人をつかまえて何やら耳打ちした。

運ばれてきたのは、高級そうな小さな木箱だった。

「これがヒュミドール。特別会員になると、専用のものを持つことができてね。これで、自分の夢巻を保管できるんだ」

「自分のというのは？」

「文字通り、自分が小学生のころに書いた作文でつくった夢巻だよ。むかしの自分の思い出でつくったものだと肌に合うっていうのかな、やっぱりいいもんだ」

「……だから、あんな妙なことを言ったのか」

「そういうこと」

私は鞄を開いて、色あせた紙の束を取り出した。

「転勤つづきなのに、よく捨てずに取っておいてくれたもんだよ。母親には感謝しなくちゃなぁ」

それは、彼に言われて持ってきた、小学生のころに書いた作文や絵日記の束だった。

こんな紙切れからあんな素晴らしいものがつくられるなんて、にわかには信じがたい話だった。中にはテストの答案もある。想像するだけで口の中が苦くなる。

「でも、こんなむかしのものなんて使い物にならないんじゃ……」

「ヒュミドールで時間をかけて、ゆっくり湿度を戻してやるんだ。技術が必要なんだけど、この店に任せれば間違いない。やがて潤いが戻ってきて、むかしと同じような状態がよみがえる。それからようやく、製造工程に入っていくんだ。少し時間はかかってしまうけど、おまえのそれも預かってもらうといいよ」

私の中に、瞬時によろこびが広がった。小さいころのさまざまな思い出が駆けめぐる。あの頃と同じ気持ちを同じ目線で二度も味わえるなんて思ってもみなかった。今からできあがりが待ち遠しくなって、なんだかそわそわしてくる始末だった。

「待ちきれないだろうなぁ。分かるよ、その気持ち。おれも、はじめて自分の夢巻をつくったときのことを思い出すよ。実は、おもしろいものがあってね」

そう言って、彼は別のヒュミドールから一冊の冊子をとりだした。

「何年か前に押入を整理してたら、こんなものが出てきたんだ」

手渡されたものをパラパラめくる。私はあまりの懐かしさに驚きの声をあげた。

「卒業文集の原本じゃないか」

保存状態も万全だった。ヒュミドールのおかげだろう、まるでついさっき綴《と》じたばかりかと見まがうほどの生々しさで、紙の香りが立ち上ってくるほどだった。

「正確には、おれとおまえのページが抜けた、ね」

私は、その意味するところを瞬時に悟った。

「そしてこれが、それからつくった夢巻ってわけ。ああ、おまえのページでつくった夢巻だよ」

友人は、自分のヒュミドールから一本の夢巻をとりだした。

「初めは、自分のものだけつくってたんだけどね。今日のために、おまえの分もと思い立ってつくっておいたんだ。まあ、これはおれからのプレゼントってことで」

友人の粋な計らいに、胸が熱くなった。

私は、ふと思ったことを尋ねてみた。

「それで、おまえの分は？　せっかくなんだから一緒に味わおうじゃないか」

「あいにく、もうないんだよ」

と、彼は残念そうに言った。

「初めは自分のだけをつくってたって言っただろ。そのときに、ひとりで口にしてしまったんだ。

あの頃のいろいろなことがよみがえったよ。三角公園で鬼ごっこをした思い出だろ、ダイワ池でフナ釣りをした思い出だろ、それから、夕陽を見ながら抱いた淡い夢物語だろ。大人になってすっかり忘れてしまっていたけど、どれも大切な思い出だった。懐かしさに胸をしめつけられたよ。

そういえば、さっきからずっと、どうして急に連絡をしたくなったのかって、聞いてたよな」

友人は、照れ笑いのような表情を浮かべて言った。

「そのすべてに出てきたのが、ほかでもない、おまえだったんだよ。

それで、たまらなく会いたくなって、連絡先を必死になって調べたというわけなんだ。あの頃いちばん仲がよくって、何をするにも一緒になって笑って泣いた、おまえのね」

あとがき

ふーん、ショートショートやってんだ。でも、あれって古典だよね。

そう言われたのは、三年ほど前のこと。けっこう、ショックでした。その場で言い返すことができなかったことが、よけいに悔やまれます。

ショートショートねぇ……。まあ、きちんと人間を描けて、もっと長い文章が書けるようになったら、それでようやく一人前の小説家だね。

当時のぼくは、あはは、と苦笑いで返すのがやっと。悔しかったですねぇ。

結局、ショートショートって、何なのでしょう。それはひと昔前に終わってしまった古典にすぎないものなのでしょうか。「小説家」になるための、単なる通過点にすぎないものなのでしょうか……。

ぼくがショートショートと出会ったのは、小学二年生のときでした。教科書に、星新一さんの「おみやげ」が載っていて、とても楽しく読んだのが初めてのショートショート体験です。

それからは少し期間が空くのですが、小学六年生のときに、ふとしたことから食卓で星新一さんのことが話題にのぼりました。それからは星新一愛読者の多くの方がたどる道とだいたいおんなじ。ほかの人の本はほとんど読まないのにそれだけはむさぼるように読みあさり、星新一ワールドにどっぷり浸かることになったのでした。

そして、ぼくが初めて小説を書いたのは、高校二年生の授業中。

集中力の途切れたぼくは、ふと、手元のルーズリーフに何かを書いてみたいという思いに駆られました。今でも、なぜそれを書いたのか、はっきりとした理由は自分でもよく分かりません。星新一愛読者のぼくが半無意識的に何となく書いたもの、それが初めてのショートショートでした。

それ以降、高校生のあいだはパラパラとたまに書いた作品を友達に読んでもらう程度だったのですが、大学に上がってからは本格的に創作を意識しはじめました。といっても初めは、自分はショートショートを書いていくんだという強い意志があったわけではありません。昔から何かをつくることが大好きだったぼくは、何か自分のコアになるようなことをはじめたいなぁという思いから、特に理由なく音楽と文学で迷い、最終的に一人でも活動できるからという理由で文学を選択したという次第。

そういう感じでふわっと始めた執筆活動では、はじめのうちこそビギナーズラックでスラスラと書けたのですが（そのうちの一作はこの本にも収録しています）、そこから先が、どうにもこうにも筆が進みません。なんでだろうと考え抜いて行きついたのが、教養のなさ。その事実に気がついて愕然としたぼくは、それからというもの美術に旅行、果ては漢字検定などなど、いろいろなことに手を出すようになっていきました。本格的に本を読み出したのもそのころから。だから、恥ずかしながら本のことはけっこう無知で……目下勉強中です。

そんなぼくに大きな転機が訪れたのは、大学二年生のときでした。それが星新一さんの後継者である、ショートショート作家、江坂遊さんの作品との出合いです。キレ味鋭く色鮮やかで圧倒的な世界観。世の中にこんなショートショートがあったのかと、大きなショックを受けました。

こういう題材がショートショートになるものなんだ。ショートショートは無限だ……。

まさしく目から鱗。目指すべき方向が定まった。そんな感じがしました。それからしばらくは江坂作品を真似してばかりいましたね（今でも影響は色濃く残っていますけれど）。たとえばデビュー作となった「桜」という作品は、江坂さんが書かれた「花火」に衝撃を受け、同じような方向性の作品を実体験に基づいて創作したいと強く意識して書いた作品でした。

そして、それを機にいっそう執筆活動にのめりこんでいったぼくは、あるとき江坂さんに作品付きの手紙を出すことになります。そこから先はあっと言う間のできごとでしたが、今では我が師となった江坂さんには本当にお世話になりっぱなしで感謝の言葉しかありません。この場を借りて、感謝申し上げます。

さて、自作についてもちょっとだけ。

ぼくは、何らかの意外な結末をもった世界観ある物語をつくりたいという気持ちで、幻想、シュール、ナンセンスという三つの軸を自分なりに意識しながら作品を書いています。

拙作は日常では起こり得ない不思議なことを描いてある場合がほとんどですが、ここには読者の方々に物語を通して、ありふれた日常から非日常の世界へと飛んでもらいたいという強い思いがあります。読み終わってぐるっと元のところに戻ってきたときに、ありふれていたはずのものがどこか違って見えるようになる。そんな、螺旋《らせん》階段をのぼっていくような感覚を味わってもらえたらうれしいです。

それから、書く題材。これはいろいろですが、身近なものや実体験から拾うことが多いです。

この「題材」というものは、ショートショートが新しいショートショート――仮に昔のショートショートを古典と言うならば、それを脱し、いわば「現代ショートショート」へと進化していくためには、ひとつの大きなキモになるのではと個人的には思っています。

もっともっと、今の時代だからこそ書けるテーマ、題材があるはずです。そこに現代ショートショートの無限の可能性が広がっているんじゃないか。ぼくはそう考えています。

長い小説とショートショート。

二つは共通点もありますが異なる部分もたくさんあって、長距離走と短距離走がともに素晴らしい陸上競技であるように、長い小説はショートショートに勝るものではなく、ショートショートもまたそれに勝るものではないはずです。ショートショートは長編を書くための練習問題などでは決してなく、また長編で重視されがちな人間の内面を鋭く描き出すことだけが文学なのでもないでしょう。どちらにもそれぞれの良さがあり、どちらも人々を魅了する可能性を秘めている。それが本当なんだと思います。

では、そのフラットな選択肢が並ぶなかで、自分はどちらの道を選ぶのか……。プレーヤーとしてのぼくは、ショートショートを極める道を選びました。それを書くおもしろさにとりつかれ、その可能性を信じるがゆえに。

もちろん道はとても険しく課題は尽きないのですが、これからも臆することなくこの道を突き進んでいきたいと思っています。「夢巻」に込めた思いのように、単なる現実逃避に終わらない、たくさんの人たちの日常の原動力になるような作品。そういうものを書いていきたいなと思います。

……とまあ、ショートショートへの思いはあふれんばかりなのですが、このあたりでとどめておいて。

ほっこりしたり、ぞっとしたり。すっきりしたり、もやもやしたり、にやにやしたり。

そんなこんなで、もしこの本がほんの少しでもあなたの日常における何らかの原動力になったならば、そんなにうれしいことはありません。それがまたぼくの新しい原動力となって、螺旋は延々とつづいていくのです。

解説「田丸さんむいちゃいました」

尾崎世界観（クリープハイプ）

田丸さんと初めて飲んだあの日、待ち合わせの時間に遅れて、ずいぶん長い時間、田丸さんを待たせた。四十分だったか、五十分だったか、もしかしたら一時間だったかもしれない。とにかく、田丸さんが一般的な心の広さの持ち主であれば、ここでこうしてこの解説を書く機会にも恵まれなかったと思う。それ程に遅れて、待たせてしまった。

もうあれ以来、あまりにも大きい物を表す時は、「東京ドーム〜個分」ではなく、「田丸〜個分」を使うことにしている。

少しでも遅れを取り戻そうと、駅前を走った。人で溢れかえった繁華街にはどれも似たような店が並んでいて、それは外観だけでなく店名までもがそうで、本当に困った。

着込んだコートの内側を汗で濡らしながら、いや、実際には一番下に着ていたのはTシャツだったから、濡れたのはTシャツですよ。でもこの場合コートの方がお洒落だし、オマケに季節まで一緒に表現出来るから、コートを濡らしてみました。そう、コート濡らしちゃいました。なんだか甘栗のアレ、みたいですね。

それにしても「甘栗むいちゃいました」という商品名から漂うあのそこはかとない、テヘ感。尋常ではないですよね。甘栗をむくという、とてつもなく面倒な作業を請け負ったという自負までをも捨てて、いやむいて、あくまで出過ぎた真似をしてしまいました。あぁ、差し出がましいわぁ、といったあの感じ。旦那の為を思って、常に一歩引いた所に居る出来た嫁みたいな感じ。それをそのままあのような形でパッケージングされた日には、消費者として、思わず手が伸びるというものですよね。

話は脱線していますが、なんだか調子が出てきましたよ。筆が乗ってきました。「筆のっちゃいました」そんな気分です。文庫本の解説なんて初めてのことで、どうして良いのか見当もつかず途方に暮れていたところ、ようやくエンジンがかかってきました。

深い闇の底に差し込むひと筋の光。それを頼りに書き進めていこうと、たったいま心に決めました。あぁいっけねぇ、話を甘栗に戻しますね。（そっちかい）

ぼんやりとした子供の頃の記憶は天津甘栗の匂いがする。人混みの中を両親からはぐれないように、必死になって掻き分ける。後ろをついてくる弟の存在も気にしながら。掻き分けた人混みの中から、風に運ばれてくる天津甘栗の匂い。一際匂いの強くなった場所をのぞき込むと、中年男性が声を張り上げている。「甘栗～甘栗～甘栗～甘栗～甘栗～甘栗～甘栗～甘栗～甘栗～甘栗～甘栗～甘栗～甘栗～甘栗～甘栗～甘栗～甘栗～甘栗～」そこにいる誰もが迷惑そうな顔をしているのは子供の自分にも一目瞭然だった。鼻腔をくすぐる甘い匂いとはかけ離れた、大人達の苦い表情を見たあの時、なんとなく天津甘栗に対するイメージが決まってしまったのかもしれない。

一心不乱に叫び続ける中年男性の声を掻き消したその風に乗って、天津甘栗の匂いは辺り一面に広がっていく。そして、いつの間にか家族の姿は見えなくなっていて、手の中にはさっきまで握っていた弟の短い指の感触が残っている。

中年男性は依然として、怒気をはらんだ声で「甘栗～甘栗～甘栗～甘栗～甘栗～甘栗～甘栗～甘栗～甘栗～甘栗～甘栗～甘栗～甘栗～甘栗～甘栗～

甘栗〜」と叫んでいる。周りは知らない大人だらけで、すがるような気持ちで、天津甘栗を売る中年男性を見つめた。その時になってようやく気がついた。この中年男性も見ず知らずの他人だった、ということに。

絶望して歩き出す。途中、心細くなってさっき買って貰ったばかりのキャンディーをポケットから取り出す。棒に刺さって、メダルのような形をしたキャンディーが、目の前で渦を巻いている。キャンディーにかぶせてある透明なビニールを取ると、ほのかに甘い香りがした。

しばらく目の前のグルグルに目を奪われていると、甲高い声をあげる中年女性の壁に取り囲まれる。猛スピードで過ぎ去って行った一団が残した物が、大切なキャンディーをびっしりと埋め尽くしている。あのグルグルはすっかり消えて、中年女性達のコートの生地の繊維が、キャンディーの表面で物悲しそうに風に吹かれている。

さっきまでの不安や寂しさが、一瞬で怒りに形を変えた。

遠くの方からは相変わらずあの声が聞こえている。

「甘栗〜甘栗〜甘栗〜甘栗〜甘栗〜甘栗〜甘栗〜甘栗〜甘栗〜甘栗〜甘栗〜甘栗〜甘栗〜甘栗〜甘栗〜甘栗〜甘栗〜」

今の気持ちにピッタリ寄り添うその声を聞きながら、いつまでも、ついさっきまでキャンディーだった毛だらけのそれを眺めていた。

近頃街中で天津甘栗を見る機会はずいぶん減った。それでも、見知らぬ誰かがむいちゃった物ではなく、自分でむいてからじゃないとどうも食った気がしない、という人だっているだろう。

なんでも、むけば良いというものじゃない。「小さな親切大きなお世話」とはよく言ったものだ。携帯電話やスマートフォンを買った時、買ったばかりのそれを一番初めに店員に触られるあの残念な感じ。

すべての人が皮をむいて欲しいと思っている、そう思ったら大間違いだ。

この本を読んで、小学生の頃、休日に出かけた先で友達に買ったお土産を次の日に学校で渡すまでの、あの感じを思い出した。たとえそれが、どんなにしょうもないキーホルダーでも、渡した相手が心底喜ぶだろうと信じて疑わなかったあの頃のことを。

田丸さんも、話の種を見つけた瞬間からそんな気持ちになるのでは、と思う。どの話を読んでいても、根底には子供のように純粋で切実な気持ちを感じる。驚かせたい、喜ばせたい、怖がらせたい、笑わせたい、不思議がらせたい。一言で済んでしまう明確な感情をはっきりと感じる。

柔軟な発想は救いだと思う。それは他者にとっても自分自身にとっても。

中学生の頃、音楽をはじめるきっかけになったのは、技術が優れていて完璧で、手の届かない圧倒的なものではなく、普遍的で親しみがあって、手を伸ばせば届きそうなものだった。

田丸さんの話は圧倒的にそれだと思う。自分でも何か出来るかもしれないと思わせてくれるもの。手を伸ばせば届きそうの、「そう」の部分。何かをはじめるきっかけを作るのはいつだってこの「そう」だと思う。

もしも、野球のポジションのショートとは別にショートショートというポジションがあったら。

ピッチャー振りかぶって投げた。打った、三遊間への痛烈な当たり。ショート追いつけない。あっ、しかしショートショートが回り込んでボールをつかんだ、とか。

もしも、ときどき本の隙間にいつの間にか挟まっているあの陰毛が生き物だったら。悪いことをした人が、想いを寄せる相手に貸した本の間に挟まって、絶妙なタイミングで顔を出したり。良いことをした人が、想いを寄せる相手に借りた本の間から絶妙なタイミングで顔を出して、「あぁ、あの人の陰毛だぁ」と、あの人との距離を近付けたり。

田丸さん、このアイデアどうでしょうか？　良かったら使ってください。

あぁ、駄目だ駄目だ。余計なことをしてはいけない。
田丸さんの甘栗を勝手にむくような真似をしてはいけない。

本作品は二〇一四年三月、出版芸術社より単行本刊行されました。

双葉文庫

た-47-01

夢巻《ゆめまき》

2016年7月17日　第1刷発行
2020年8月 6日　第2刷発行

【著者】
田丸雅智《たまるまさとも》
©Masatomo Tamaru 2016
【発行者】
箕浦克史
【発行所】
株式会社双葉社
〒162-8540 東京都新宿区東五軒町3番28号
［電話］03-5261-4818(営業)　03-5261-4831(編集)
www.futabasha.co.jp（双葉社の書籍・コミックが買えます）
【印刷所】
大日本印刷株式会社
【製本所】
大日本印刷株式会社
【カバー印刷】
株式会社久栄社
【DTP】
株式会社ビーワークス

【フォーマット・デザイン】
日下潤一

落丁・乱丁の場合は送料双葉社負担でお取り替えいたします。「製作部」宛にお送りください。ただし、古書店で購入したものについてはお取り替えできません。［電話］03-5261-4822（製作部）

定価はカバーに表示してあります。本書のコピー、スキャン、デジタル化等の無断複製・転載は著作権法上での例外を除き禁じられています。本書を代行業者等の第三者に依頼してスキャンやデジタル化することは、たとえ個人や家庭内での利用でも著作権法違反です。

ISBN978-4-575-51905-1 C0193
Printed in Japan